REVISÃO DE TEXTOS
ACADÊMICOS

boas práticas para revisoras, estudantes e a academia

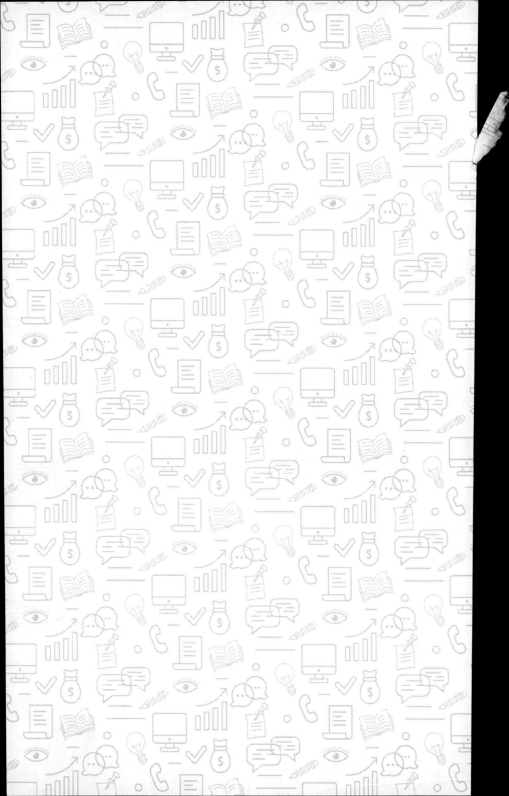

REVISÃO DE TEXTOS
ACADÊMICOS

boas práticas para revisoras, estudantes e a academia

ALLAN MORAES

CAROLINA MACHADO

MOINHOS

© Moinhos, 2020.
© Carolina Machado; Allan Moraes, 2020.

Edição:
Camila Araujo & Nathan Matos

Assistente Editorial:
Karol Guerra

Revisão:
Editora Moinhos

Direção de Arte da Capa:
Carolina Machado

Projeto Gráfico e Diagramação:
Luís Otávio Ferreira

Nesta edição, respeitou-se o Novo Acordo Ortográfico da Língua Portuguesa.

Dados Internacionais de Catalogação na Publicação (CIP) de acordo com ISBD

M827r   Moraes, Allan

Revisão de textos acadêmicos: boas práticas para revisoras, estudantes e a academia / Allan Moraes, Carolina Machado. - Belo Horizonte, MG : Moinhos, 2020.
180 p. ; 14cm x 21cm.

ISBN: 978-65-5681-027-0

1. Literatura brasileira. 2. Ensaios. 3. Revisão. I. Machado, Carolina. II. Título.

	CDD 869.94
2020-2291	CDU 82-4(81)

Elaborado por Vagner Rodolfo da Silva - CRB-8/9410

Índice para catálogo sistemático:
1. Literatura brasileira : Ensaios 869.94
2. Literatura brasileira : Ensaios 82-4(81)

Todos os direitos desta edição reservados à
Editora Moinhos — Belo Horizonte — MG
editoramoinhos.com.br | contato@editoramoinhos.com.br

SUMÁRIO

13 OLÁ, COLEGA!
14 PARA QUEM É ESTE LIVRO?

17 CONTEXTO DA PRODUÇÃO ACADÊMICA BRASILEIRA

19 CAPÍTULO 1 A UNIVERSIDADE E A EDUCAÇÃO
20 DESAFIOS INICIAIS DO REVISOR DE TEXTOS ACADÊMICOS
22 COMO NASCE UM TRABALHO ACADÊMICO?
23 FORMATOS DE TEXTOS ACADÊMICOS MAIS COMUNS

27 VOCÊ, SEU NEGÓCIO E SEU CLIENTE

29 CAPÍTULO 2 PLANEJAR É PRECISO

33 CAPÍTULO 3 COMO ANUNCIAR SEUS SERVIÇOS
34 O MURAL DE AVISOS
35 PENSE BEM EM COMO ANUNCIARÁ SEUS SERVIÇOS
- Profissionalismo — 36
- Método — 36
- Ética — 37
- Diferencial — 37

38 PROPAGANDA SEM PROPAGANDA: CONTRIBUA PARA A CULTURA ACADÊMICA
- Aproxime-se da academia — 39
- Produza conhecimento — 40
- Ensine ao estudante o que é de competência dele — 41

43 CAPÍTULO 4 O PRIMEIRO CONTATO DO CLIENTE

43 O CLIENTE QUE ESTÁ EM BUSCA DE SEUS SERVIÇOS

46 O QUE ANALISAR ANTES DE ELABORAR O ORÇAMENTO

Aprovação do orientador e manual da universidade – – – – – – – 46

Prazos – 47

Elementos do trabalho – – – – – – – – – – – – – – – – – 47

Estágio do trabalho – – – – – – – – – – – – – – – – – – 48

Qualidade do texto – – – – – – – – – – – – – – – – – – 48

Nível de intervenção necessário – – – – – – – – – – – – – 49

50 E A TAL 'AMOSTRA'?

51 CAPÍTULO 5 ORÇAMENTOS

51 CALCULANDO VALORES

53 CALCULANDO PRAZOS

53 UM AVISO (AOS ESTUDANTES) SOBRE PRAZOS

55 VOCÊ E O TEXTO

57 CAPÍTULO 6 TAREFAS DO REVISOR

57 DOIS PRINCÍPIOS BÁSICOS: SUGESTÃO E ALTERAÇÃO

Sugestões – 58

Alterações – 59

60 ATÉ QUE PONTO É VANTAJOSO SUGERIR OU ALTERAR DIRETAMENTE O TEXTO?

68 DEVO ATUALIZAR CITAÇÕES PARA A NOVA ORTOGRAFIA?

69 DEVO USAR 'SIC'?

71 CAPÍTULO 7 O PLÁGIO

72 TIPOS DE PLÁGIO

Plágio total - 73

Plágio indireto - 73

Uso inadequado de conceitos - 73

Autoplágio - 74

Plágio pelo revisor - 74

75 O PLÁGIO E A LEI

76 UM TRABALHO PODE ESTAR LIVRE DE PLÁGIO?

78 ENTENDER O PLÁGIO E EDUCAR O ESTUDANTE

82 IDENTIFICANDO O PLÁGIO

Red flag 1: parágrafos sem referência - 83

Red flag 2: estilo inconsistente - 85

Red flag 3: formatação inconsistente - 86

87 EXEMPLOS E SOLUÇÕES PARA O PLÁGIO

91 SOFTWARES ANTIPLÁGIO

93 PLÁGIO PELO REVISOR E LIMITES DE INTERVENÇÃO

Calculando o nível de intervenção: cálculos por 5 - 94

96 QUANDO CONTATAR O ESTUDANTE

97 QUANDO CONTATAR O ORIENTADOR

99 É FUNÇÃO DO REVISOR IDENTIFICAR PLÁGIO?

103 CAPÍTULO 8 RESPOSTAS PRÁTICAS PARA DÚVIDAS COMUNS

103 QUAL DOS SERVIÇOS VALE MAIS OU É MAIS TRABALHOSO (ENTRE REVISÃO E FORMATAÇÃO DE TEXTOS)?

104 E O DESCONTINHO?

105 DEVO SEMPRE OFERECER AMBOS OS SERVIÇOS?

106 E SE O TEXTO PRECISA DE MAIS INTERVENÇÕES DO QUE O COMBINADO?

107 E SE A NOTA FOR MENOR POR CAUSA DE 'ERROS'?

109 NORMALIZAÇÃO E FORMATAÇÃO

111 CAPÍTULO 9 FORMATAÇÃO DE TEXTOS ACADÊMICOS

111 MANUAIS PRÓPRIOS DAS UNIVERSIDADES

112 ONDE ENCONTRAR AS NORMAS

113 LISTA PRÁTICA DE NORMAS

116 PARTES QUE COMPÕEM MONOGRAFIAS

Parte externa - - - - - - - - - - - - - - - - - - -116

Elementos pré-textuais - - - - - - - - - - - - - - -116

Elementos textuais - - - - - - - - - - - - - - - - -119

Elementos pós-textuais - - - - - - - - - - - - - - - 120

121 PARTES QUE COMPÕEM ARTIGOS CIENTÍFICOS

Elementos pré-textuais - - - - - - - - - - - - - - - 121

Elementos textuais - - - - - - - - - - - - - - - - 122

Elementos pós-textuais - - - - - - - - - - - - - - - 122

123 ELEMENTOS INTRATEXTUAIS COMUNS AOS FORMATOS DE TRABALHO

Numeração progressiva e formato dos títulos (ABNT NBR 6024)- - - 123

Citações (ABNT NBR 10520) - - - - - - - - - - - - - -124

Referências (ABNT NBR 6023)- - - - - - - - - - - - - 125

Notas de rodapé (ABNT NBR 14724) - - - - - - - - - - - 126

Tabelas e quadros (IBGE – Normas para apresentação tabular) - - - -127

Ilustrações- 128

129 NORMALIZAÇÃO PARA QUEM TEM DÚVIDAS

131 CAPÍTULO 10 ESPECIFICAÇÕES E COMPULSÕES

132 NINGUÉM SABE TUDO DE NORMALIZAÇÃO

133 NORMALIZAÇÃO É IMPORTANTE

133 SIGA AS NORMAS SEMPRE QUE PUDER

134 REFERÊNCIAS: DIFERENÇAS DE APRESENTAÇÃO

Matéria jornalística on-line — — — — — — — — — — — — — — — 136

Trabalho apresentado em evento — — — — — — — — — — — — 138

Livros e e-books (e suas partes) — — — — — — — — — — — — 139

Filmes e vídeos —141

Artigo em publicação periódica (revista, boletim etc.) — — — — — — —141

Trabalhos acadêmicos (monografias, dissertações e teses) — — — — — —142

Leis —143

Constituição — 144

Documento tridimensional — — — — — — — — — — — — — — 144

Tweets — 144

145 ABREVIATURAS E EXPRESSÕES LATINAS

apud — 146

et alii [et al.] —147

in —148

sine loco [s.l.] —148

sine nomine [s.n.] — — — — — — — — — — — — — — — — — 149

Expressões usadas em notas de rodapé — — — — — — — — — — 149

150 OUTROS PONTOS DE ATENÇÃO

Cidades — 150

Fontes de figuras, quadros e tabelas — — — — — — — — — — —151

Datas de acesso — — — — — — — — — — — — — — — — — — 152

Autores, editores e organizadores - - - - - - - - - - - - 152

Fio - 153

Posso usar '[s.d.]'? - - - - - - - - - - - - - - - - - 154

Paginação de e-books - - - - - - - - - - - - - - - 156

159 ATÉ LOGO!

161 AGRADECIMENTOS

163 REFERÊNCIAS UTILIZADAS NESTE LIVRO

169 APÊNDICES EXEMPLOS DE FORMATAÇÃO

169   APÊNDICE A – CAPA (OBRIGATÓRIA)

170   APÊNDICE B – LOMBADA (OPCIONAL)

171   APÊNDICE C – FOLHA DE ROSTO (OBRIGATÓRIA)

172   APÊNDICE D – ERRATA (OPCIONAL)

173   APÊNDICE E – FOLHA DE APROVAÇÃO (OBRIGATÓRIA)

174   APÊNDICE F – DEDICATÓRIA (OPCIONAL)

175   APÊNDICE G – AGRADECIMENTOS (OPCIONAIS)

176   APÊNDICE H – EPÍGRAFE (OPCIONAL)

177   APÊNDICE I – RESUMO (OBRIGATÓRIO)

178   APÊNDICE J – LISTA DE ILUSTRAÇÕES (OPCIONAL)

179   APÊNDICE K – SUMÁRIO (OBRIGATÓRIO)

Quando você recebe um documento para editar,
esse material vem com um autor anexado.

— **Carol Fisher Saller**

OLÁ, COLEGA!

Boas-vindas ao mundo da revisão de textos acadêmicos! Aqui vamos abordar diversos aspectos que desafiam a revisora[1] de textos nessa área, como o tipo de texto a ser revisado, o tipo de revisão de que seu cliente precisa, formas de detectar quando você está entrando numa fria, além de – não podemos escapar – um pouco de padronização e normalização.

Sabemos que muitos iniciantes buscam formação abrangente que os insira no mercado de trabalho de forma rápida. Acreditamos que atualmente existem bons cursos com essa proposta, mas essa não será nossa preocupação aqui.

Nosso objetivo com este livro é principalmente ensinar na prática e em profundidade como identificar e resolver problemas e executar tarefas com as quais você vai se deparar no dia a dia ao trabalhar com textos acadêmicos.

---

[1] Não estranhe nem corra para o Twitter para nos corrigir! Usamos o feminino de modo geral ('revisora de textos', 'revisoras' etc., embora esse uso não seja sistemático e padronizado ao longo do livro) para falarmos de forma mais pessoal e direta com nosso público. Também não fazemos uma distinção precisa entre edição, revisão e copidesque/preparação de texto, uma vez que (como veremos) a revisão de textos acadêmicos exige o uso de processos e técnicas de todas essas atividades. 'Formatação' e 'diagramação' também são tratadas como sinônimos. Ah, caso encontre algum erro, erro de fato, por gentileza, entre em contato e nos diga! Gostamos de discutir dúvidas e polêmicas.

Sendo assim, ensinaremos os processos de revisão de um trabalho acadêmico desde o recebimento até a entrega. Como dito no *Manual de sobrevivência do revisor iniciante*:

> A revisão de textos acadêmicos é uma porta de entrada dos revisores para o trabalho com prestação de serviços autônomos. Isso porque é mais fácil conseguir trabalhos nessa área quando não se tem muita experiência – o que não necessariamente diminui sua dificuldade (MACHADO, 2018, p. 34).

Aliás, o *Manual* também oferece uma visão geral de alguns aspectos do trabalho com textos acadêmicos, mostrando como essa área se diferencia das demais em que revisoras podem atuar – publicitária, editorial etc. Aqui revisitaremos esses assuntos e aprofundaremos a resolução de problemas que podem surgir no caminho do revisor de textos acadêmicos.

Abordaremos com mais detalhes as fontes e os livros citados, focando aspectos 'internos' do trabalho acadêmico e temas como relação entre universidade e revisor; primeiro contato do cliente (Quem é o cliente que busca serviços de revisão? O que analisar antes de elaborar um orçamento? O que é de competência do revisor?); particularidades do texto acadêmico e normas da Associação Brasileira de Normas Técnicas (ABNT); além de aspectos práticos e dúvidas mais comuns (Como treinar? Quais são as tarefas do revisor? Como lidar com plágio?).

PARA QUEM É ESTE LIVRO?

Além das questões técnicas, buscaremos abordar a relação entre revisoras e clientes da forma mais prática possível, já que são os dois tipos de leitores que mais podem se beneficiar das dicas e reflexões contidas aqui. Alguns capítulos podem ser mais proveitosos para revisoras (por exemplo, as seções sobre como anunciar serviços, orçamentos e prazos, tarefas da revisão etc.); outros, para estudantes (como as seções sobre plágio, referências e citações etc.). De modo geral, estudantes e revisoras podem se beneficiar da leitura na íntegra: assim, ambos conseguem ter uma visão mais completa do que esperar de cada lado dessa relação.

Quem já atua na área não encontrará aqui dicas de revisão de texto (ortografia e gramática, erros mais comuns etc.) ou dicas de processamento de texto e tutoriais sobre como formatar trabalhos acadêmicos. Pensamos nos temas, nos tópicos e na organização deste livro como um guia para a profissionalização: critérios, dicas e prescrições contidas aqui ajudarão você a se aperfeiçoar a fim de dominar procedimentos de áreas correlatas, como preparação de texto, revisão de provas, diagramação e editoração. Assim, esperamos que, ao final, nossa leitora (em especial a leitora revisora) tenha domínio de boas práticas para avançar no universo tanto da revisão de trabalhos acadêmicos quanto dos livros universitários, didáticos etc.

Para o estudante e o pesquisador, as dicas, além de ajudarem na autonomia e até mesmo na autoedição, poderão oferecer uma visão de como deve ser a relação com sua revisora e o que esperar de um serviço profissional qualificado; além disso, claro, como redigir um bom trabalho tendo contato direto com práticas editoriais e padrões de normalização atualizados.

Também propomos um diálogo com a academia: orientadores, professores e a universidade podem entender melhor que tipo de trabalho é feito quando se recorre à contratação de uma revisora de textos profissional, completando a compreensão necessária ao bom andamento da relação entre revisores, estudantes e a universidade.

A essa altura é provável que nossa leitora já tenha entendido que nossa proposta com este livro é tratar da relação revisor-pesquisador apontando sempre para boas práticas editoriais. Isso significa que muitas vezes nós mesmos tivemos de subverter muitas prescrições relativas a normalização. Mais que desejar demonstrar coerência absoluta de normas e processos, nosso objetivo é colocar a revisora iniciante no caminho das boas práticas editoriais que evitam preocupações e compulsões improdutivas.

Por isso, eventuais e aparentes falhas, omissões e inadequações são oportunidades para que revisores, estudantes, professores e universidades encontrem soluções com base na própria prática e experiência, sem deixar de levar em conta um pouco da nossa perspectiva: seus colegas revisores, preparadores/copidesques, editores e profissionais que trabalham com texto.

Bons estudos e boa leitura! :)

Allan Moraes e Carolina Machado

CONTEXTO DA PRODUÇÃO ACADÊMICA BRASILEIRA

> EU ACREDITAVA QUE O DESENVOLVIMENTO DA UNIVERSIDADE IRIA GERAR UMA PRODUÇÃO BRASILEIRA EM CIÊNCIAS HUMANAS. NÃO É QUE NÃO TENHA HAVIDO. HOUVE, MAS A MEU VER MUITO POUCA, PORQUE ATÉ HOJE EU TENHO DIFICULDADE PARA CONSEGUIR ORIGINAIS BRASILEIROS EDITÁVEIS. HÁ MUITAS TESES, MUITAS DISSERTAÇÕES, MAS É PRECISO TER EM VISTA UM MERCADO CONSUMIDOR PARA ESSA PRODUÇÃO.
> — JORGE ZAHAR

CAPÍTULO 1

A UNIVERSIDADE E A EDUCAÇÃO

A universidade é lugar de produção de conhecimento com métodos científicos e pesquisa aprofundada. Nela o estudante pode suplementar a defasagem de sua formação anterior enquanto professores e pesquisadores promovem conhecimento – isso tudo no contexto de dificuldades inerentes a toda instituição de ensino privada ou pública no Brasil, como a falta (ou os 'cortes' e 'contingenciamentos') de verbas e incentivos sempre necessários para a continuidade dessa produção.

Tudo isso se reflete na qualidade da educação e no saber que a academia produz. O resultado disso pode ser encontrado em diversos meios: na pesquisa científica, na profissionalização dos estudantes para o mercado de trabalho e, o que é de nosso maior interesse como revisoras, na literatura acadêmica.

Por mais que todos se esforcem, muitas vezes essas dificuldades se refletem na qualidade do trabalho acadêmico escrito. Ao atuar na área de revisão de textos, desse modo, a revisora não só contribui para a qualidade dos trabalhos produzidos pela academia: ela participa também da educação ao ajudar na tarefa de garantir a qualidade e a seriedade das informações divulgadas pelos pesquisadores.

Além de buscar dominar as ferramentas de sua própria área (linguística e gramática, editoração, design, tradução etc.), a revisora de trabalhos acadêmicos deve ter em mente que, junto à universidade, ao professor e ao próprio estudante, ela é uma das colaboradoras na geração e manutenção do conhecimento produzido pela academia.

A boa revisora de textos acadêmicos é ainda uma pesquisadora na medida em que precisa conhecer os critérios, rituais e processos envolvidos na publicação acadêmica: não só gramática, coesão e coerência textual, mas também seriedade das informações, fontes e referências usadas pelo autor do trabalho acadêmico; não só formatação/diagramação, mas precisão na apresentação daquilo que precisa ser padronizado a fim de que todos possam compreender, acessar e reproduzir a informação. Portanto, embora não seja imprescindível, é preciso que você tenha familiaridade com temas como metodologia científica, normalização, práticas editoriais e processos acadêmicos.

DESAFIOS INICIAIS DO REVISOR DE TEXTOS ACADÊMICOS

Os desafios da revisora iniciante que se volta para a pesquisa hoje incluem filtrar a produção acadêmica de qualidade bem como entregar um serviço profissional e ético ao lidar com documentos, dados e informações – duas práticas intimamente relacionadas.

No primeiro caso, essa revisora terá de lidar com problemas como plágio, fake news e informações errôneas, além de venda de redação de trabalhos acadêmicos prontos. No segundo, terá de continuamente se esforçar para reproduzir os processos de qualidade que resguardam a confiabilidade e a integridade das informações contidas num trabalho acadêmico: normalização, editoração (especialmente edição e revisão de texto), formatação etc.

Esperamos que os revisores discutam cada vez mais esses aspectos de seus serviços, bem como limites e responsabilidades profissionais – especialmente no contexto de fake news, descrédito em relação às instituições de pesquisa e ensino e do surgimento na internet de publicações pseudoacadêmicas que agem de forma predatória. Aqui vamos responder a algumas destas dúvidas:

- Se o estudante é o autor responsável pela produção acadêmica, até que ponto a revisora pode ajudá-lo?
- Em que medida é ético e profissional intervir na escrita do estudante?
- O que a revisora deve fazer quando o estudante reclama dizendo ter recebido nota baixa por causa de 'erros' no trabalho?
- Como a revisora pode oferecer/anunciar seus serviços?
- Como evitar que estudantes confundam serviços de revisão com "serviços" de venda de trabalhos prontos?
- Revisão ou formatação: o que é mais trabalhoso e qual vale mais?
- Como lidar com problemas de plágio e de informações errôneas ou falsas?
- Como lidar com prazos?

Antes de responder a essas questões, devemos lembrar como um trabalho acadêmico nasce – e sermos realistas em relação a isso.

COMO NASCE UM TRABALHO ACADÊMICO?

Todo texto acadêmico nasce de um projeto de pesquisa. Nesse projeto são delimitados o tema, o problema de pesquisa, as hipóteses, a metodologia, os objetivos e o cronograma de trabalho; isto é, no projeto é montado o esqueleto do que virá a ser uma investigação científica mais complexa.

Para compreender esse processo, a primeira tarefa de quem deseja trabalhar com textos acadêmicos é encontrar trabalhos dessa natureza e explorá-los com olhos de revisora. Não faltam na internet catálogos de monografias, dissertações e teses a serem explorados. Selecione pelo menos dois trabalhos de cada tipo e disseque-os.

Observe e compare como são as capas, os elementos pré-textuais, os títulos, as numerações, as citações e as referências. Depois leia trechos dos textos para compreender o estilo de linguagem empregado.

Você pode iniciar com artigos de áreas que sejam de seu interesse. Pesquise por materiais publicados no Google Acadêmico ou em plataformas abertas para publicações periódicas como SciELO ou a Biblioteca Digital de Teses e Dissertações da USP. Nos sites dessas três instituições você encontrará muito material para as primeiras pesquisas.

Sugestão: busque na Biblioteca Digital de Teses e Dissertações da USP pela dissertação de pós-graduação de Aline Novais de Almeida (2013) intitulada *A edição genética d'*A gramatiquinha da fala brasileira *de Mário de Andrade* (confira o link para a dissertação nas referências ao final deste livro).

A partir dessa leitura criteriosa, começamos a entender como o gênero textual é construído, quais são suas características, regras fixas e variações. Com isso conseguimos ver de que forma podemos contribuir para a melhoria desse tipo de texto.

Nas referências deste livro você encontrará muitos outros materiais sobre metodologia científica, normalização e editoração. Retorne a eles de tempos em tempos para se atualizar, tirar dúvidas e encontrar soluções.

FORMATOS DE TEXTOS ACADÊMICOS MAIS COMUNS

Você já deve saber (até mesmo por ter passado por uma faculdade) que existem diversos formatos de textos acadêmicos. Em metodologia e estrutura, eles não diferem muito entre si. Vejamos os principais tipos com os quais você terá mais contato como revisora.

TCC: o famoso trabalho de conclusão de curso pode assumir os mais diversos formatos – todos os que são citados a seguir ou, ainda, artigos científicos; projetos para a criação de novos negócios ou produtos; protótipos de softwares; estudos de caso; enfim, como você pode ver, TCC é um nome genérico para qualquer grande trabalho feito com vistas à avaliação final de um curso.

MONOGRAFIA: é a inserção do estudante no mundo das pesquisas. Geralmente é requisito para que o estudante obtenha seu diploma de graduação. Segundo a NBR 14724 (norma para trabalhos acadêmicos), o trabalho de conclusão de curso de graduação é o documento que representa o resultado de estudo, devendo expressar conhecimento do assunto escolhido, que deve ser obrigatoriamente emanado da disciplina, módulo, estudo independente, curso, programa e outros ministrados (ABNT, 2011, p. 4).

DISSERTAÇÃO: no Brasil, chamamos de dissertação o trabalho que conclui a pesquisa desenvolvida durante o curso de mestrado. Tem nível de exigência um pouco maior do que a monografia, mas ainda não se espera que o estudante desenvolva toda uma nova teoria a respeito do assunto pesquisado. Veja o que diz a ABNT:

> [...] documento que apresenta o resultado de um trabalho experimental ou exposição de um estudo científico retrospectivo, de tema único e bem delimitado em sua extensão, com o objetivo de reunir, analisar e interpretar informações. Deve evidenciar o conhecimento de literatura existente sobre o assunto e a capacidade de sistematização do candidato. É feito sob a coordenação de um orientador (doutor), visando a obtenção do título de mestre (ABNT, 2011, p. 2).

TESE: na tese a coisa fica ainda mais séria, pois a ideia é que o doutorando desenvolva algo novo e significativo para a comunidade científica na qual está inserido. De acordo com a NBR 14724, tese é o

> documento que apresenta o resultado de um trabalho experimental ou exposição de um estudo científico de tema único e bem delimitado. Deve ser elaborado com base em *investigação original*, constituindo-se em *real contribuição para a especialidade* em questão (ABNT, 2011, p. 4, grifo nosso).

Em *Como se faz uma tese*, Umberto Eco dá uma definição original e bem-humorada sobre esse tipo de trabalho:

> Nas universidades desse tipo, a tese é sempre de PhD, tese de doutorado, e constitui um trabalho original de pesquisa, com o qual o candidato deve demonstrar ser um estudioso capaz de fazer avançar a disciplina a que se dedica. E, com efeito, ela não é elaborada, como entre nós, aos 22 anos, mas bem mais tarde, às vezes mesmo aos quarenta ou cinquenta anos (embora, é claro, existam PhDs bastante jovens). Por que tanto tempo? Porque se trata efetivamente de pesquisa original, onde é necessário conhecer a fundo o quanto foi dito sobre o mesmo argumento pelos demais estudiosos (ECO, 2008, p. 2).

ARTIGO CIENTÍFICO: serve para divulgar entre a comunidade científica os resultados de estudos. Eles em geral apresentam o que de mais novo se tem conhecimento. Há cursos de graduação que não exigem monografia, mas sim um artigo científico como requisito para obtenção de grau.

VOCÊ, SEU
NEGÓCIO
E SEU CLIENTE

> EM RESUMO, UM PLANO DE NEGÓCIOS É COMO UM MAPA: PERMITE QUE VOCÊ EXPLORE E PLANEJE AS DIVERSAS ROTAS QUE PODE TOMAR PARA ATINGIR SEU OBJETIVO.
>
> — LOUISE HARNBY

CAPÍTULO 2

PLANEJAR É PRECISO

Nesta parte seria um pouco difícil avançar sem mencionar uma vez mais o *Manual de sobrevivência do revisor iniciante*, porque nele você encontra em detalhes todos os passos para começar sua carreira em revisão de textos – principalmente o que é preciso determinar antes de começar a trabalhar, ou seja, o caminho para estabelecer seu plano de negócios.

De qualquer forma, existem preocupações e situações específicas de quem trabalhará no nicho de publicações acadêmicas; por exemplo, lugares em que sua divulgação funcionará melhor, sua abordagem nessa divulgação, o que fazer quando o estudante quer orçamento para a redação do trabalho em vez de revisão, como lidar com as épocas de vacas magras etc.

Muitos revisores ingressam na área pela porta de entrada que é a revisão de textos acadêmicos. Aqui já trazemos uma dose de realidade, se nos permite: isso acontece porque os clientes geralmente têm muita pressa e pouco orçamento. O revisor iniciante, por sua vez, tem pouca experiência, mas muita vontade de aprender, de revisar um texto real. Assim a magia acontece: universitários e revisores encontram-se por meio do objetivo de melhorar um texto para que seja apresentado a uma banca.

Isso não quer dizer, claro, que não existem revisores especialistas em textos científicos com anos de estrada. Podemos até dizer que poucos têm a paciência necessária para trabalhar com esse nicho, além da disponibilidade exigida.

Levando em consideração que você está lendo este livro especificamente, já entendemos que é na revisão de textos acadêmicos que pretende atuar. Mas saber só isso não é suficiente. A primeira tarefa a completar, então, é ter o plano de negócios.

Fazer um plano inclui escolher como será chamado o seu negócio (que pode ser o seu nome mesmo ou outro); as formas de divulgação (site próprio, blog, redes sociais, boca a boca, cartões de visita, folders...); o nicho dentro do nicho (a categoria geral é 'textos acadêmicos', mas, dentro dela, ainda pode haver diversas outras, como 'textos acadêmicos de medicina', 'teses', 'textos acadêmicos voltados para publicação em revistas científicas'...); a faixa de preços em que vai atuar (popular, médio ou premium – dica: quanto maior for sua especialidade no nicho, mais próximo ao premium você consegue se estabelecer);[2] quais são os principais concorrentes e como eles atuam; planejamento financeiro (como os seus custos e os custos do negócio serão pagos até haver clientes).

Além disso, antes de começar é bom ter em mente quais são seus diferenciais: graduação na área específica em que vai atuar (psicologia, biologia, história etc.); experiência com revistas importantes; experiência em revisão por pares; entre outras possibilidades. Não pule essa etapa, porque vai ser preciso usá-la na sua divulgação ao criar conteúdo para aqueles canais de comunicação citados no parágrafo anterior.

Falando em nicho dentro do nicho, a vantagem de ser um superespecialista é que quem procurar seus serviços já saberá que você provavelmente é a melhor entre os melhores – afinal

---

2 Para saber mais sobre precificação, você pode ler o e-book gratuito *Precificação de revisão para freelancers* (link disponível em revisaoparaque.com).

de contas, a revisora especialista é quem melhor sabe lidar com os possíveis problemas particulares da sua área, por seu interesse genuíno naquele campo do saber. Isso também facilita a sua divulgação por um simples motivo: você sabe com quem está falando e entende melhor do que ninguém como resolver as dores desse pesquisador. E é isso que você precisa demonstrar nos conteúdos que produz para divulgar seus serviços.

CAPÍTULO 3

COMO ANUNCIAR SEUS SERVIÇOS

Seja qual for o meio em que você escolher divulgar seus serviços, algumas informações essenciais precisam ser passadas ao cliente de alguma forma: pode ser por e-mail, no seu site, nas suas redes sociais, ou em todos esses lugares. São elas:

SUA ESPECIALIDADE: você é revisora e psicóloga, ou revisora e bióloga, ou revisora e historiadora? Na revisão de textos acadêmicos, essa formação pode e deve ser valorizada, porque demonstra que você entende como a área específica funciona, conhece seu vocabulário e até mesmo pode perceber algum erro de informação. (Isso não é obrigatório! Lembre-se de que revisão técnica é outro serviço.) Aliás, mesmo que não seja formada em medicina, pode ser que você tenha um longo histórico de interesse pela área, o que também é um diferencial e pode ser explorado.

QUAIS TIPOS DE SERVIÇOS VOCÊ OFERECE: se trabalha apenas com revisão ortográfica e gramatical, deixe isso claro; se entende de normalização, também; se usa ferramentas antiplágio etc. O importante é deixar claro o que o cliente pode esperar das suas intervenções no texto, de forma que não haja surpresas mais à frente. Deixar essas informações bem claras também evita o velho problema de receber pedidos de orçamento para redação de trabalhos.

SUA FORMAÇÃO: mostre ao cliente que, além da possível formação em outra área, você também fez cursos de revisão e, claro, sabe o que está fazendo em matéria de língua (caso não seja formada em letras, por exemplo).

SE POSSÍVEL, FORNEÇA ALGUMAS REFERÊNCIAS: se já revisou algum outro trabalho, peça aos clientes que atendeu um pequeno depoimento acerca do seu trabalho, especialmente daqueles que foram bem avaliados em suas bancas. Provas sociais ajudam muito a fechar novos negócios!

INFORMAÇÕES DE CONTATO: é muito mais comum do que deveria vermos sites de revisores que não mostram com quem o cliente vai trabalhar e, pior ainda, não têm muitas informações de contato. Deixe bem visíveis um e-mail, um número de contato de trabalho e o que mais for possível para que o cliente encontre você.

Pronto! Agora você já sabe por onde começar a sua divulgação e que tipos de informações precisa passar ao futuro cliente. Vejamos a seguir os locais específicos em que você terá mais visibilidade em relação ao nicho que escolheu e a forma de abordar cada um deles.

O MURAL DE AVISOS

O estudante vê seu anúncio de revisão de textos acadêmicos no mural da faculdade, em seu blog, site ou rede social. Ele vai entrar em contato via WhatsApp ou e-mail pedindo um orçamento sem ter muita ideia do que você irá ou não fazer. Na mente do estudante, a revisora vai simplesmente 'melhorar o texto e aplicar formatação'.

Mas isso é muito genérico, certo? Como podemos melhorar essa comunicação e educar o cliente? Nossa sugestão: comece pela forma de anunciar seus serviços.

PENSE BEM EM COMO ANUNCIARÁ SEUS SERVIÇOS

Antes de tudo, nenhuma revisora quer ser confundida com 'profissionais' antiéticos que redigem e vendem trabalhos acadêmicos prontos (em blogs, sites ou mesmo em aplicativos): sim, para nós revisores profissionais – se nos permite dizer – solicitar esse tipo de serviço é quase como pedir para que a gente cometa um assassinato ou um crime muito, muito feio – porque de fato é um crime.

A primeira dica para evitar ser confundida com um 'plagiador de aluguel' é pensar bem na forma de comunicar seus serviços. Veja este anúncio:

"Procurando alguém para ajudar você com seu TCC? *Produzimos e/ou revisamos trabalhos acadêmicos*, como monografias, dissertações e teses. Entre já em contato!"

Esse é um modo não muito prático de anunciar seus serviços tanto pela ambiguidade ao informar que, de certa forma, o revisor *produz* – ou seja, redige e *vende* – trabalhos acadêmicos prontos quanto pela noção generalista que é transmitida.

Quando falamos 'generalista' queremos dizer que o estudante, ao se deparar apenas com essas informações, não terá noção clara de todos os fatores envolvidos no trabalho de revisar e formatar o trabalho acadêmico. Claro, seu anúncio não precisa informar tudo logo de cara, mas busque evitar ambiguidades: o conselho é que você não anuncie seus serviços como alguém que faz milagres, a exemplo daquela antiga imagem que ainda circula pela internet (aquela da *Mãe Fulana do TCC*). Sim, pode ser uma forma bem-humorada e criativa de anunciar seus serviços, mas também pode gerar expectativas irreais nos estudantes ou até mesmo transmitir uma imagem não tão profissional para pesquisadores mais sérios. Outro problema é esse tipo de anúncio passar a ideia de que o cliente poderá recorrer aos seus serviços apenas quando estiver em apuros, o que também não é nada bom para ambas as partes.

Em anúncios, a melhor opção é transmitir noções de profissionalismo, método (como você recebe e devolve o trabalho, prazos etc.), ética e, principalmente, o que faz seu serviço se diferenciar dos demais. Esses são quatro pilares pelos quais você pode começar.

PROFISSIONALISMO

Quanto ao quesito profissionalismo, comece por pensar em anunciar seus serviços de revisão de textos acadêmicos mostrando suas qualificações. Estudantes e pesquisadores acadêmicos geralmente formarão uma melhor imagem do profissional que apresenta suas qualificações e áreas de interesse ou de especialização de forma clara.

Não é necessário se estender: um resumo breve no blog ou site, no anúncio ou até mesmo no orçamento é o suficiente. Se possível, contate clientes antigos e peça a eles um depoimento sobre seus serviços.

MÉTODO

Não só a imagem de profissionalismo é importante: você deve mostrar ao cliente que o trabalho segue um método.

Mostre a ele quais são as etapas do serviço, desde o orçamento até a entrega. Diga a ele o que você fará e o que o trabalho não inclui. Falaremos sobre o que será de competência do revisor mais adiante.

ÉTICA

Quanto à ética, tenha em mente que você deve evitar transmitir ao cliente uma imagem generalista, de que é uma espécie de revisora faz-tudo. Isso vai evitar muitas dores de cabeça.

Alguns estudantes buscam revisores solicitando, a princípio, orçamentos de revisão para trabalhos acadêmicos, mas ao final revelam a terrível verdade... querem que você redija o trabalho ou venda um trabalho acadêmico 'pronto' e completo.[3] Se você é uma revisora ética e profissional, não vai querer perder tempo respondendo a mensagens desse tipo. Por isso, corte o problema pela raiz, de preferência já nos seus anúncios.

DIFERENCIAL

Por fim, pense bem naquilo que faz seu serviço diferente dos demais. Por que o cliente deveria escolher você como revisora e não o João Revisor a Jato? Quais vantagens você oferece? Como já dissemos, pode ser especialização em uma área, tempo de experiência, interesse no campo de pesquisa e até formas de pagamento vantajosas (PayPal, cartão de crédito parcelado etc.). O que faria o cliente pagar R$ 15,00 por lauda e não R$ 5,00?

---

[3] Causo do autor: certa vez gastei algumas boas horas formulando um orçamento para acabar com um pedido desse tipo. O cliente, num último e-mail depois do meu não definitivo, falou da pressão e das dificuldades pessoais que o impediam de conseguir redigir o trabalho. Não caia nesse tipo de manipulação: quem tem tempo para todos os dias assinar a lista de presença na sala de aula também deve ter tempo para resolver todos os problemas que atrapalham o cumprimento de um cronograma para a produção de um trabalho acadêmico. (Estudantes, continuem lendo. Falaremos de pressões e organização a seguir.)

Não há respostas prontas, mas não se esqueça de que os itens listados no método (seguir um plano de trabalho, cumprir prazos, garantir qualidade) são sua obrigação, não um diferencial.

Ao adotar essas práticas, é provável que os primeiros clientes recomendem seus serviços a amigos, colegas e outras pessoas interessadas. Por isso, nunca subestime o bom atendimento, a atenção, o comprometimento e o profissionalismo na relação com seus clientes. Para muitos revisores que desejam trabalhar com textos acadêmicos, a propaganda boca a boca e as indicações são os principais meios de angariar novos clientes.

PROPAGANDA SEM PROPAGANDA: CONTRIBUA PARA A CULTURA ACADÊMICA

Revisores e estudantes compartilham geralmente o mesmo espaço: a academia e a universidade, mas raramente se comunicam. Uma das causas pode ser exatamente a pressa que leva estudantes e revisores a se comunicarem apenas quando o prazo e o bolso apertam. Mas nós aqui queremos trazer esse espaço para que ambos possam relaxar, tomar um café e entender o que esperar de cada lado dessa relação.

Sabemos que começar uma relação profissional e de oferta de serviços por mera formalidade ou obrigação não é nada saudável para nenhuma das partes. Além disso, fomos estudantes de vinte e poucos anos e sabemos que estudantes têm lá sua culpa, sejamos sinceros, mas como revisores devemos educar nossos clientes; então seguem mais algumas dicas para que você se aproxime deles e para que eles notem, dessa forma, o valor e a necessidade de levar a sério os processos do seu trabalho.

APROXIME-SE DA ACADEMIA

Uma forma de começar a fazer parte da comunidade acadêmica é buscar parcerias com professores e orientadores e oferecer a eles algum material que ajude os estudantes com a metodologia científica. Isso é o que chamamos de marketing de conteúdo, tão em voga atualmente.

Por exemplo, em vez de colar seu flyer no mural da faculdade, converse com professores e forneça a eles algum material elaborado por você que ajudará os estudantes. Pode ser tutorial, apostila sobre normas e regras para trabalhos acadêmicos ou até mesmo posts do seu blog.

Diga ao professor que os alunos dele poderão consultar você para tirar dúvidas pontuais sobre normalização e formatação, por exemplo. Todos podem sair ganhando: o professor poderá dedicar mais tempo a orientar o estudante em aspectos mais importantes da produção de seus trabalhos; os estudantes, por sua vez, terão uma profissional fora da sala de aula com quem tirar dúvidas.

Conforme a relação entre você e os estudantes se torna mais próxima, talvez seja a hora de oferecer seus serviços a esses potenciais clientes. Ao tentar estabelecer parceria com universidades, procure lembrar-se de explicar e deixar claro por que você é a profissional mais adequada: inclua no seu material suas informações, como capacitações e formação, áreas de interesse, seu método de trabalho, valores e prazos. Isso ajudará os responsáveis na universidade a decidir quanto a ofertar e recomendar seus serviços com mais segurança, sabendo que você é ética e capacitada para ajudar os estudantes.

Com essa aproximação, é provável que a área de revisão de textos seja cada vez mais vista (pela academia e pelos estudantes) não só como mais uma burocracia, mas como atividade profissional séria, tomando o lugar de 'serviços' antiéticos que vendem trabalhos acadêmicos prontos ou oferecem outros serviços de qualidade questionável.

PRODUZA CONHECIMENTO

Você criou um site mas nem seu melhor amigo entra nele para dar apoio moral de vez em quando? Bom, isso é comum quando ninguém nos conhece e nosso site não tem muito a oferecer além de informações sobre nada além de... nós mesmas.

Uma forma de ultrapassar essa dificuldade é, dentro do seu site, ter um blog para ensinar pequenas lições que ajudarão o estudante a resolver problemas específicos que todos enfrentamos quando estamos redigindo um material acadêmico. Isso pode incluir dicas de formatação, Word, escrita científica etc.

É verdade que existem muitos blogs sobre metodologia acadêmica, normalização e dicas para estudantes.[4] Entretanto, e ao menos na internet, a área acadêmica ainda é muito carente de materiais organizados e voltados especificamente para estudantes de graduação.

Então, crie um blog, escreva posts de qualidade com frequência, faça tutoriais e explique aos estudantes quais são as vantagens do trabalho de revisão. Talvez essa seja uma boa estratégia para aproximá-los de você.

---

4 Um dos que se destacam nessa categoria é o blog do site *Pós-Graduando*: posgraduando.com/blog.

ENSINE AO ESTUDANTE O QUE É DE COMPETÊNCIA DELE

É comum que estudantes (especialmente de graduação) não saibam ver com clareza a linha que separa a autoria do plágio, a orientação da criação autoral e a venda de trabalhos acadêmicos prontos dos serviços sérios de revisão/formatação.

Em seu blog ou anúncio, em contratos e orçamentos ou no material compartilhado com estudantes e clientes, deixe claro quais são as atribuições gerais de um revisor. Mostre também o que é uma boa prática para o estudante e ensine seu cliente a ajustar e corrigir o que é de fato inadequado ou o que pode ser visto com maus olhos por orientadores e instituições de ensino. Essa também é uma forma de educar seus clientes. E não se preocupe: adiante veremos mais especificamente o que em geral é de competência do revisor.

CAPÍTULO 4

O PRIMEIRO CONTATO DO CLIENTE

Seu anúncio e sua estratégia chamaram a atenção do cliente e ele entrou em contato com você. Parabéns! Agora também começa a corrida contra o tempo.

Veremos os tipos de clientes que podem estar em busca de seus serviços, o que você deve analisar antes de elaborar um orçamento, a qualidade do texto acadêmico que você recebeu e o que será ou não de sua competência ao realizar o serviço. Veremos também um pouco sobre o problema do plágio e se a verificação dele em trabalhos acadêmicos é ou não competência do revisor.

O CLIENTE QUE ESTÁ EM BUSCA DE SEUS SERVIÇOS

Sua estratégia e o modo como anuncia seus serviços já serão um ótimo filtro para o tipo de cliente que chega a você. No entanto, verifique dois pontos básicos antes que a relação entre revisor e estudante se estabeleça:

1. Aprovação da orientadora: é ético que o estudante informe ao revisor a aprovação da sua orientadora para contratar serviços de terceiros que intervenham no conteúdo do trabalho.
2. Diretrizes da universidade: apesar de ser uma prática rara no Brasil, nem todas as universidades recomendam que seus estudantes usem serviços de terceiros ao longo da produção de trabalhos acadêmicos, sobretudo na graduação.

Um exemplo do segundo caso é o da Universidade de Leicester, na Inglaterra, cujas políticas para revisão de trabalhos acadêmicos expressam de modo taxativo que a universidade não recomenda a contratação desses serviços por estudantes:

> A Universidade não oferece serviço de revisão a estudantes e não recomenda o uso de quaisquer serviços de revisão. A revisão é o estágio final da produção de um trabalho escrito e, portanto, sempre que possível, a Universidade acredita que os estudantes devam revisar os próprios trabalhos (UNIVERSITY OF LEICESTER, 2011, tradução nossa).

As políticas para contratação de revisores da Universidade de Leicester, entretanto, listam algumas regras que o estudante deve seguir caso deseje enviar seu trabalho a terceiros para revisão. As regras se dividem entre práticas aceitáveis, como a identificação de erros ortográficos, e práticas proibidas, como reescrever trechos. Nós seguimos e expandimos algumas dessas regras e recomendações a seguir.

Esse tipo de distinção e especificação é incomum hoje em dia nas universidades brasileiras, que de modo geral não estabelecem ou publicam diretrizes e políticas para estudantes que cogitam contratar serviços de revisão. Muitas delas, contudo, disponibilizam manuais com regras relativas à formatação do trabalho e trazem adaptações de normas da ABNT, normas da American Psychological Association (APA), sistema Vancouver etc.

Ainda há o caso das dissertações e teses: nesses estágios da carreira acadêmica, geralmente os autores são mais proativos, compreendem a necessidade de revisão e reconhecem o valor desse serviço para dar mais qualidade ao texto final.

Teses tendem a ser produzidas com padrões mais exigentes devido ao fato de que poderão ser publicadas como estiverem ou adaptadas em formato de livro, seja para apresentação geral ou a público especializado, por exigência da instituição ou por iniciativa do autor. É por isso que nesses casos o serviço e a colaboração do revisor com o pesquisador geralmente não caem na zona cinzenta do plágio ou da reescrita.

Destacamos que teses, quando publicadas em formato de livro, por exemplo, exigem o trabalho de toda uma equipe que siga o processo editorial, o que frequentemente é feito por editoras universitárias.

Estudantes estrangeiros podem buscar serviços de revisão como conferência de qualidade geral, mas especialmente quanto ao domínio da redação. Uma vez que estudantes estrangeiros nessa situação podem não dominar totalmente as nuances da nossa gramática, o trabalho da revisora será prover esse reforço sem intervir diretamente na estrutura dissertativa/argumentativa, reservando ao autor o espaço dele. As universidades não costumam ver esse tipo de colaboração com maus olhos, mas é importante que você discuta com o cliente até onde pode intervir.

Nessas situações, a sugestão é procurar fornecer uma revisão com feedbacks e dicas em balões de comentários que ajudem o estudante estrangeiro com as nuances gramaticais. Isso permite que você se resguarde de reescrever o texto no lugar dele ao mesmo tempo que indica eventuais problemas sem deixar de fazer seu trabalho como revisora.[5]

---

[5] Pode ser que seu cliente a odeie por ter de aplicar no texto todas as correções que você indicou em balões de comentário; por outro lado, pode ser que ele goste dessa espécie de aula de redação e gramática. De qualquer forma, é preciso: 1. saber o que seu cliente precisa e o que ele espera receber; e 2. saber intervir sem reescrever o trabalho no lugar dele. Certo equilíbrio entre esses dois princípios é a postura mais ideal.

O QUE ANALISAR ANTES DE ELABORAR O ORÇAMENTO

É pouco recomendável que você aceite trabalhar em um texto 'no escuro', isto é, sem ver ao menos uma amostra do material, sem saber a quantidade de palavras ou caracteres, sem saber o prazo, entre outras informações que detalharemos a seguir.

Veja, a seguir, o que é preciso conferir antes de pôr a mão no texto.

APROVAÇÃO DO ORIENTADOR E MANUAL DA UNIVERSIDADE

Vamos insistir aqui: é importante saber se o estudante recebeu a aprovação da instituição de ensino ou do professor orientador para submeter o trabalho à revisão.

Como vimos, algumas universidades podem ser taxativas e recomendar que seus estudantes evitem o uso de serviços externos para a revisão/diagramação de seus trabalhos – uma prática ética, já que o interesse da instituição é exatamente analisar as competências daquele estudante no âmbito da redação acadêmica e da pesquisa científica. É importante que você obtenha essa informação e a tenha registrada para evitar problemas e surpresas.

Além disso, orientadores costumam fazer alterações nos trabalhos antes de o aluno ser liberado para a banca. Certifique-se de que essa etapa já foi feita para não ter retrabalho depois. Se o cliente desejar prosseguir com a revisão mesmo assim, deixe claro no orçamento que revisões posteriores serão cobradas como um novo serviço.

É provável que você encontre informações sobre políticas e regras da universidade em manuais mais atualizados no próprio site da instituição. Caso não encontre o manual ou guia da universidade pela internet, peça ao cliente essa informação/arquivo (ou qualquer outro material adotado pela universidade ou pela professora orientadora como manual). Caso não haja um manual, informe ao cliente a norma e os padrões que adotará (essa informação pode estar explicitada no orçamento).

PRAZOS

Não é novidade que estudantes não deixam muito tempo para a revisão. Se quiser ser revisora de trabalhos acadêmicos, vá se acostumando com os atrasadinhos. Você deve conhecer seu ritmo de trabalho para poder estabelecer prazos. Outro ponto importante é saber reconhecer se há tempo suficiente para entregar um trabalho de qualidade ao cliente.

ELEMENTOS DO TRABALHO

Verifique se estão presentes todos os elementos que devem compor o trabalho, como folha de rosto, folha de aprovação e especialmente as referências. Como veremos, o ideal é identificar problemas com referências desde o princípio para evitar se comprometer com o estudante na entrega de um serviço sem recebê-lo completo.

Entretanto, caberá a você especificar no orçamento o que fará em relação a elas, deixando claro para o estudante o nível de intervenção. Para saber até onde deve intervir, continue lendo (ou vá ao capítulo 7, 'O plágio', ou leia todo o capítulo 10 para ver o que é mais relevante ou quanto trabalho você pode acabar tendo).

ESTÁGIO DO TRABALHO

Não é incomum que estudantes busquem serviços de revisão com trabalhos ainda em fase de rascunho ou elaboração inicial ou seções "sendo finalizadas". Seja clara e direta e informe ao seu cliente, em casos como esse, que o ideal é aguardar até uma etapa mais avançada de produção para só então submetê-lo à revisão.

Se você é uma revisora iniciante, pode ser tentador aceitar qualquer proposta que surgir, mas casos assim irão minar seu tempo e sua energia com retrabalho, além de não serem nada proveitosos para o estudante, já que essa prática tende a incentivar a procrastinação.

QUALIDADE DO TEXTO

Falando em qualidade do texto, é importante lembrar que, à medida que o pesquisador vai avançando na carreira científica e acadêmica, a redação tende a melhorar. Então saiba que a qualidade de uma monografia de graduação dificilmente será a mesma de uma tese. Claro que existem exceções, mas a qualidade dos textos acadêmicos de graduação em geral é baixa.

Se a qualidade do texto estiver num nível muito baixo, em vez de um feedback negativo, pode ser mais proveitoso aconselhá-lo a buscar ajuda junto à própria universidade, com a professora orientadora ou mesmo em cursos e oficinas de redação.

A reescrita e as alterações profundas necessárias num texto com problemas podem acabar configurando plágio: editar um texto sem qualidade de modo a torná-lo aceitável para o orientador ou uma banca examinadora é o mesmo que reescrita/coescrita sem atribuição do coautor – ou o que Liz Dexter chama de 'plagiarism by the editor':

Há outra forma de plágio a que os editores [*editors*; 'revisores'] devem resistir: reescrever tanto o texto que é o revisor quem escreve de fato o texto, não o estudante (DEXTER, 2014, tradução nossa).

Vamos retomar esse problema a seguir com um capítulo voltado apenas para o problema do plágio.

NÍVEL DE INTERVENÇÃO NECESSÁRIO

Em parte dos casos, quando não recebe boa orientação, é mais certo que seu cliente precise de preparação e 'orientação complementar' do que revisão 'leve' ou 'gramatical' (embora este tipo de revisão 'gramatical' geralmente componha o pacote de serviços).

Claro que a reescrita e as alterações profundas na estrutura do texto só são possíveis quando há um acordo explícito entre revisor e cliente de que elas são necessárias e autorizadas pela professora orientadora (além de devidamente pagas).

Muitas vezes esse tipo de problema pode surgir no meio do trabalho; mas Liz Dexter de novo dá recomendações práticas sobre o que fazer nesses casos:

> Às vezes, quando devolvo o trabalho a estudantes avisando que eles correm risco de cometer plágio caso eu continue a trabalhar no texto (geralmente por causa do nível de alterações que tenho de fazer [...]), eles retornam afirmando que o orientador/supervisor disse que é OK aplicar esse tanto de reescrita. Quando fazem isso, eu solicito que o orientador redija para mim uma autorização para aplicar esse nível de correção. Solicito que esse documento seja impresso em papel timbrado, assinado pelo supervisor, escaneado e enviado por e-mail para mim. Isso não aconteceu muitas vezes; quando aconteceu, contatei o orientador

para conferir e continuei o serviço. Salvei o documento escaneado junto da minha cópia do trabalho para qualquer imprevisto (DEXTER, 2014, tradução nossa).

Por isso é importante avaliar de antemão qual é a qualidade do texto a ser revisado, qual tipo de tratamento esse texto exigirá e qual tipo de revisão/preparação o estudante deseja contratar. Sabendo tudo isso, é mais fácil fechar um negócio satisfatório para ambas as partes.

E A TAL 'AMOSTRA'?

Antes de enviar o orçamento, você pode apontar algumas das intervenções necessárias numa lista/relatório ou enviar uma amostra do seu serviço de revisão/formatação feita em Word, no próprio trabalho enviado pela cliente (uma lauda é mais que suficiente, e pode ser feita de preferência na primeira página da introdução do trabalho). Essa prática é útil em dois sentidos: 1. ajuda a revisora a angariar clientes; e 2. ao mesmo tempo oferece ao estudante uma amostra do que esperar dos serviços dela.

Lembre-se de que não é necessário revisar diversas páginas como 'amostra grátis' (tampouco fornecer essa amostra para cada um dos seus potenciais clientes): o objetivo é deixar claro à cliente que o trabalho dela precisa de ajustes e melhorias, apontando os pontos mais críticos.

Além disso, mais que propaganda do seu trabalho ou forma de convencer seu cliente, a amostra deve ser uma espécie de prévia do que você fará no texto. Ela jamais deve substituir os termos de serviço e o que é discriminado no orçamento: deve complementar essas informações mostrando seu estilo, nível de revisão, intervenção, deixando claro ao estudante o que ele deve esperar dos seus serviços.

CAPÍTULO 5

ORÇAMENTOS

Precisamos ser bem realistas nesta seção: os prazos serão apertados e os orçamentos também. Mas não é por isso que você entrará em desespero. Sempre haverá diversos tipos de clientes para diversos tipos de produtos (ou, em nosso caso, tipos de serviços). Você tem basicamente dois caminhos a escolher: ser o serviço mais barato ou ser o serviço excelente.

Os dois logicamente se tornam incompatíveis: quanto menos você cobra, mais trabalhos precisa assumir para fechar as contas no fim do mês; quanto mais trabalho tiver, maior será a pressa para entregá-los e receber por eles; quanto maior for a pressa, menor será a qualidade.

Isso quer dizer que você precisa achar o nicho em que melhor se encaixa para então ser considerada uma boa revisora naquela área e então cobrar preços até mesmo mais do que justos pelo trabalho.

Não existe uma tabela oficial de valores para a revisão de textos acadêmicos; cada revisor cobra o que lhe convém da forma que lhe convém. Apesar da imensa variedade de preços e metodologias no mercado atualmente, isso não impede que você chegue ao seu valor calculando algumas variáveis.

CALCULANDO VALORES

Para saber como calcular seus valores e os prazos, você inevitavelmente precisará conhecer seu ritmo de trabalho, algo muito particular de cada pessoa. Tão certo quanto isso é que no início você errará. Até os revisores experientes erram a mão em orçamentos de vez em quando. É normal. Nesses casos só resta respirar fundo e refletir sobre o erro (um chá e uma playlist de músicas relaxantes também ajudam).

As formas de cobrança são várias. Você pode fechar um valor por lauda para revisão e formatação; cobrar preços diferenciados para revisão e formatação; orçar a revisão e a formatação por páginas ou por palavras; e o que mais sua criatividade permitir. Não há regra fixa ou tabela.

O que sempre recomendamos é que você tenha claros alguns pontos: quanto pretende ganhar por mês; quantas horas pretende trabalhar para alcançar esse salário; e qual é sua produtividade por hora.

Tendo esses dados, o cálculo é o seguinte (MACHADO, 2018, p. 66):

> Custo: R$ 1.500 | Meta: R$ 3.000 | 120 h/mês
> 4.500/120 = 37,5 (é seu valor-hora)
> 37,5/5 laudas revisadas por hora = R$ 7,50/lauda

Esse é um cálculo bem básico[6] que leva em consideração os itens citados. Ele ajudará você a definir seus valores de forma independente, sem que precise recorrer a fóruns de revisores em busca dos mais variados valores que obterá como resposta. Leve em consideração, no entanto, que dificilmente você estará ocupada com revisões durante todas essas horas, pois precisará dedicar tempo para divulgar seus serviços, cuidar do financeiro, atender clientes etc.

---

6   Para uma leitura aprofundada sobre como calcular quanto você precisa cobrar para alcançar suas metas financeiras, leia o e-book gratuito *Precificação de revisão para freelancers* (link disponível em revisaoparaque.com).

CALCULANDO PRAZOS

Já com os prazos você precisará de muito cuidado e paciência. Trabalhos acadêmicos geralmente têm prazos muito bem fixados, mas os estudantes esquecem que precisam reservar certo tempo para a revisão, por isso muitos chegam desesperados às nossas caixas de entrada.

O primeiro passo é tentar acalmar esse cliente passando confiança e não entrando na neura do prazo apertado. Seja realista e diga-lhe o que é possível fazer no prazo em questão, nem que isso signifique ganhar um pouco menos prestando só um ou outro serviço. Antes a consciência tranquila de ter feito pouco, mas bem, do que a dor de cabeça de ter um cliente revoltado porque a revisora 'deixou passar erros' depois da banca.

Como em geral não há muito tempo, a dica é que você divida o total de páginas do trabalho por dias de prazo e estabeleça o resultado como meta de produtividade diária, de modo que também não acumule toda a tarefa para os últimos dias antes de o prazo combinado se encerrar.

UM AVISO (AOS ESTUDANTES) SOBRE PRAZOS

Quando o trabalho da revisora começa, o do estudante termina. Isso quer dizer que, depois de receber o arquivo, a revisora deve trabalhar nele até o fim (fazendo backups e salvando versões seguras); o estudante, por sua vez, não deve fazer novas adições, edições, cortes, correções ou alterações (em um arquivo diferente daquele enviado à revisora).

Assim que a revisora começa a editar o texto, o estudante deve deixar a profissional fazer o trabalho dela.[7] Obviamente, ambos podem trocar informações e dúvidas e até trocar arquivos (figuras, resumo, apêndices etc.) durante o trabalho, mas nunca é demais reforçar que o estudante jamais deve editar o texto enquanto a revisora trabalha em outra versão. Caso isso seja feito, a revisora será incapaz de adivinhar quais foram as edições que o estudante fez no trabalho.

Mesmo que a revisora compare a versão dela e a versão do estudante usando o recurso de comparar arquivos do Word, invariavelmente haverá atraso na entrega e perda na produtividade – além ser bem provável que o arquivo de Word comparado contenha erros macabros que podem evocar um demônio babilônico se pronunciados em voz alta.

---

[7] De verdade, estudante. Pense que se você for um bom aluno, se organizar e cumprir seus cronogramas, vai poder maratonar aquela série com a mente tranquila enquanto sua revisora trabalha sem interrupções.

VOCÊ E O TEXTO

> ESTIVE CORRIGINDO AS PROVAS DOS MEUS POEMAS. DE MANHÃ, DEPOIS DE MUITO TRABALHO, RETIREI UMA VÍRGULA DE UMA FRASE. DE TARDE EU A COLOQUEI DE VOLTA.
>
> — OSCAR WILDE

CAPÍTULO 6

TAREFAS DO REVISOR

A dica a seguir é útil não só na área de textos acadêmicos, mas para todo trabalho de revisão: sempre delimite o que seus serviços e seu orçamento incluem bem como o que não incluem.

Se o estudante quer apenas formatação, deixe claro no orçamento que isso foi o combinado. Se ele quer apenas revisão, explicite quais tipos de alterações devem ser esperados. A mesma recomendação serve caso o cliente deseje contratar mais de um serviço (revisão ou preparação e formatação).

DOIS PRINCÍPIOS BÁSICOS: SUGESTÃO E ALTERAÇÃO

São diversos os erros e problemas que podem surgir em trabalhos acadêmicos. Esses erros vão de lapsos ortográficos e de digitação a citações sem referências, fake news, plágio e informações errôneas diversas.

Como não podemos prever e compilar as diversas possibilidades de erros aqui, sugerimos à revisora uma postura que pode servir de abordagem universal (que funcionará também para outros tipos de clientes e textos, não apenas trabalhos acadêmicos), que é a de distinguir as intervenções em duas categorias básicas: sugestões e alterações.

Além disso, uma vez que a revisora de trabalhos acadêmicos muitas vezes está também em fase de formação e experiência (ou quando ainda não tem longa experiência em edição/revisão de textos), o mais recomendável é uma das principais dicas de

Carol Fisher Saller (2009): você deve adotar a mesma postura de médicos com seu juramento hipocrático de revisora – *não causar dano*; ou seja, revisores iniciantes devem adotar uma atitude de menor intervenção direta no texto. Isso não significa que deve fazer o mínimo, mas que deve definir bem os próprios limites, saber até onde pode ir e aprender com os erros.

SUGESTÕES

Sugestões e observações são sempre feitas com balões de comentários, realces ou outros tipos de destaques[8] que não alteram diretamente o texto em nenhum aspecto. Sugerir deve ser a atitude mais básica de toda revisora.

Isso não quer dizer (como veremos adiante) que a revisora não fará alterações e edições diretas no texto – significa apenas que (especialmente no caso dos trabalhos acadêmicos) ela deve portar-se mais como uma espécie de orientadora do estudante, evitando comprometer a autoria do trabalho.

Esse tipo de postura contribui para a educação do estudante, ensinando-o a seguir métodos adequados de pesquisa e produção de um trabalho escrito.

Lembre-se também de que o estudante que hoje produz um TCC ou uma dissertação pode ser um futuro escritor (e, novamente, seu cliente). Na área da revisão de textos, sugestões e feedbacks são o 'ensinar a pescar': além de ajudarem a educar o cliente quanto a boas práticas de pesquisa e procedimentos editoriais, ajudam a termos melhores clientes para nossa área (agora e no futuro).

---

8   Tenha cuidado, no entanto, para que fique clara a necessidade de que esses textos destacados sejam excluídos assim que resolvidas as pendências; do contrário, há o risco de que as observações passem ao texto final sem que o revisor e o autor percebam.

Essa atitude não deve ser encarada como 'deixar que o cliente asse a própria pizza': como dito, isso evita comprometer a autoria (como o plágio pelo revisor) e a avaliação do estudante.

Eis uma lista com os problemas mais comuns que devem ser abordados sempre como sugestões. Note que nos itens abaixo usamos termos como *apontar, comentar, identificar, sugerir, destacar* e outros sinônimos. Isso significa que, nesses casos, a revisora deve evitar *alterar* diretamente o texto.

- Apontar vícios de sintaxe, repetições, estilo obscuro.
- Comentar inconsistências argumentativas (coesão, coerência, ausência de referências, fake news).
- Identificar títulos incoerentes ou inseridos de forma desorganizada (numeração errada, por exemplo).
- Identificar plágio e citações/referências com erros (ausência de referência autor-data, erros gramaticais em citações a serem confrontados com o original, ausência de ano, página ou apuds quando obrigatórios).

ALTERAÇÕES

Principalmente ao trabalhar com o texto, é importante que o revisor sempre use o controle de alterações: no Word, use o atalho [Ctrl] + [Shift] + [E].

É comum que os estudantes não deem muita atenção ao recurso de controle de alterações e acabem aceitando as alterações usando o botão 'Aceitar todas as alterações e parar o controle'. Mas é importante que a revisora sempre use esse recurso para que suas alterações (especialmente no texto) fiquem registradas.

Situações que podem receber intervenção/edição direta da revisora incluem:

- Alterar/corrigir erros ortográficos, morfossintáticos, siglas, acrônimos e reduções, erros de pontuação, atualizações ortográficas.
- Alterar frases, orações e períodos com mudanças sutis de pontuação e/ou aplicação/remoção de conectivos.
- Inserir dados/informações de referências que contenham links e que podem ser facilmente encontradas em pesquisas rápidas (como autoria, data, ano e outros detalhes de documento/conteúdo on-line).
- Remover espaços duplos ou parágrafos extras (sem texto) no documento.

Nesses casos em que a revisora pode intervir com alterações, ela deve também saber distinguir o que foi de fato lapso (podendo quase sempre ser alterado sem comprometimento da autoria) e o que é erro sistemático e recorrente (o que indica que o estudante não tem domínio apropriado daquela regra/prática).

ATÉ QUE PONTO É VANTAJOSO SUGERIR OU ALTERAR DIRETAMENTE O TEXTO?

A dica mais importante nesse sentido é a de Carol Fisher Saller quando trata da relação entre revisor e autor: desde o começo mantenha um canal de comunicação aberto com seu cliente que ajude não só a solucionar dúvidas e resolver problemas relativos a gramática, estilo e linguagem técnica, mas que busque também trazer à tona três aspectos básicos – zelo, transparência e flexibilidade –, que devem estar sempre presentes em uma boa relação profissional revisora-autor (ou, no nosso caso, revisora- -estudante):

> Fazer perguntas [...] desde o começo vai ajudar a transmitir a confiança ao escritor de que você está dando atenção aos detalhes à medida que dá forma ao trabalho dele. (Isso é zelo.) Isso vai assegurá-lo de que você não tomará decisões imprevistas sem o conhecimento dele. (Transparência.) E vai demonstrar sua disposição a ouvir e negociar. (Flexibilidade.) Mas vários outros benefícios adicionais podem resultar dos questionamentos iniciais. A partir da resposta do autor, você pode obter informações importantes sobre suas atitudes e preferências. Ele fará algumas solicitações – ou fará perguntas por iniciativa própria. Você logo verá se ele responde de forma mais indulgente ou vigilante à pessoa cuja caneta vermelha paira sobre o texto dele. Você vai notar a disposição dele em responder e se ele é sucinto, ou verboso, ou bem-humorado (SALLER, 2009, p. 15, tradução nossa).

Além disso, ao questionar o estudante e obter respostas, a revisora pode se resguardar de eventuais problemas e escolhas duvidosas que cheguem à banca.

É importante reforçar que a revisora deve ter noção da própria experiência, calcular sua produção e até que ponto é vantajoso sugerir ou alterar diretamente o texto sem interferir na autoria.

Muitas vezes você poderá ter menos trabalho alterando diretamente o texto do que aguardando uma solução do estudante (que pode tanto deixar o problema sem resolução como exigir a solução de você), mas é importante saber impor a si mesma limites (técnicos e éticos) e orientar o estudante em sua redação.

Para sermos mais específicos quanto às tarefas do revisor de trabalhos acadêmicos, trazemos a seguir quadros com prescrições do que você pode incluir em seus serviços e o que recomendamos não ser feito. São conselhos gerais baseados em nossa experiência. Se sentir necessidade, modifique e altere as listas de acordo com seus próprios critérios (sem se esquecer de ajustar valores e prazos). Repare que os serviços de revisão e formatação são dados em quadros separados.

REVISÃO/PREPARAÇÃO

O QUE FAZER	O QUE NÃO FAZER
Alterar erros ortográficos e morfossintáticos; pontuação e coesão; siglas, acrônimos e reduções; adaptar o texto para a nova ortografia.	Escrever/redigir novo conteúdo para tornar trechos mais claros, fundamentar afirmações e informações, referenciar corretamente ou ainda aumentar/reduzir a contagem de palavras.
Alterar frases, orações e períodos com mudanças sutis na pontuação ou na ordem de palavras. Se o problema de coesão não puder ser resolvido com pequenos ajustes (estilo obscuro), a revisora pode indicar o problema com um comentário.	Reorganizar a ordem de frases, parágrafos, capítulos, seções e seus títulos (seja para tornar o texto e as ideias mais coesos, seja para dar fluidez e estrutura lógica ao texto).
Se necessário e/ou exigido pelo estudante e pela professora orientadora, verificar remissões (por exemplo, as do tipo autor-data) e referências bibliográficas, indicando informações ausentes por meio de comentários; inserir dados e informações que podem ser facilmente encontrados em pesquisas rápidas (como autoria, links, data de publicação ou conteúdo on-line etc.). Quando se tratar de obra/documento físico a que a revisora não tem acesso, ela deve solicitar ao estudante (por meio de comentário) que verifique informações/dados ausentes.	Inserir dados arbitrários (que não estejam fundamentados em pesquisa/consulta direta ao original/fonte) em citações, remissões do tipo autor-data ou referências bibliográficas; ajustar citações longas excluindo, parafraseando ou criando citações indiretas.
Alterar a numeração/organização de títulos de seções e títulos/fontes de figuras e tabelas incoerentes ou inseridos de forma desorganizada (com numeração sequencial errada, por exemplo).	Adicionar ou remover arbitrariamente títulos de seções e títulos/fontes de figuras e tabelas. Caso a revisora tenha dúvida quanto a elementos desorganizados ou ausentes (os chamados 'saltos' de figuras, por exemplo), deve indicar o problema por meio de comentários.

REVISÃO/PREPARAÇÃO

O QUE FAZER	O QUE NÃO FAZER
Indicar erros de digitação/informação em citações diretas/longas por meio de balões de comentários (o estudante deve confrontar a informação com o original/fonte).	Traduzir ou transliterar qualquer texto, bem como degravar áudio, digitar textos contidos em outros documentos ou converter/digitalizar arquivos.
No caso de informações factuais erradas, disseminação de conteúdo preconceituoso ou de ódio, fake news etc., a revisora deve indicar ao estudante fontes mais confiáveis de informação.	Verificar/checar e corrigir/alterar cálculos, códigos, equações, dados estatísticos, fórmulas etc.
Ajustar hifenização, translineação, espaços duplos ou de parágrafos extras no documento.	Criar índices remissivos e sumário (esta tarefa faz parte dos serviços de formatação; ver mais detalhes a seguir).
Caso o trabalho seja da área de formação/especialização e experiência da revisora, sugerir melhor escolha quanto a estilo. Por exemplo: a revisora pode sugerir à autora de uma tese de doutorado sobre violência urbana que use uma voz mais pessoal em alguns trechos (como nos trechos que dialogam com questionários, pesquisas e entrevistas com moradores da região estudada).	Alterar diretamente o estilo ou a voz adotada pelo autor.
Assessorar o estudante que tenha eventuais dúvidas gramaticais e de uso da língua, redação acadêmica e outras questões linguísticas e metodológicas pontuais (sem interferir na tutoria da orientadora).	Formatar/ajustar o layout do trabalho de acordo com as normas da ABNT/APA/Vancouver ou de acordo com o manual de estilo/formatação da instituição de ensino (esta tarefa faz parte dos serviços de formatação; ver mais detalhes a seguir).

FORMATAÇÃO

O QUE FAZER	O QUE NÃO FAZER
Formatar/ajustar o layout do trabalho de acordo com as normas ABNT, APA e sistema Vancouver ou de acordo com o manual de estilo/formatação da universidade.	Escrever/redigir novo conteúdo para tornar trechos mais claros, fundamentar afirmações e informações e referenciar corretamente ou ainda para aumentar/reduzir a contagem de palavras.
Criar estilos automáticos no Word para formatar e organizar títulos, sumário automático, corpo do texto e citações longas (entre outros estilos automáticos necessários).	Reorganizar a ordem de frases, parágrafos, capítulos, seções e seus títulos (seja para tornar o texto e as ideias mais coesos, seja para dar fluidez e estrutura lógica ao texto).
Ajustar figuras e tabelas (disposição e formatação) de acordo com as normas adotadas pelo cliente. Caso a revisora tenha dúvida quanto a elementos desorganizados ou ausentes (os chamados 'saltos' de figuras, por exemplo), deve indicar o problema por meio de comentários.	Excluir ou adicionar figuras/tabelas arbitrariamente.
Uma vez que muitos estudantes copiam e colam imagens da internet, a revisora pode solicitar ao estudante o site em que estão hospedadas as imagens/mídias originais para que as insira corretamente no trabalho (usando o recurso 'Inserir imagem do arquivo' no Word).	Copiar imagens, vídeos e outros conteúdos da internet sem consultar o estudante e sem fornecer a devida atribuição. Caso seja necessário substituir uma imagem, por exemplo, a revisora deve consultar o estudante.
Aplicar itálico em termos estrangeiros que não fazem parte da área de conhecimento do trabalho (se especificado/exigido pelo cliente).	Aplicar destaques (negrito, itálico, sublinhado, aspas) de modo arbitrário em palavras isoladas, conceitos, frases ou títulos.

FORMATAÇÃO

O QUE FAZER	O QUE NÃO FAZER
Ajustar numeração sequencial automática de títulos e subtítulos.	Renomear/redigir/reformular títulos e subtítulos.
Ajustar numeração sequencial automática em títulos de figuras, quadros, tabelas etc.	Renomear/redigir/reformular títulos de figuras, quadros, tabelas etc.
Criar quebras de seções e paginar/numerar o documento.	Inserir novas páginas e elementos (anexos, índice etc.) sem autorização do estudante.
Diagramar/formatar elementos obrigatórios do trabalho acadêmico.	Criar/redigir elementos opcionais do trabalho acadêmico.
Remover/ajustar símbolos em listagens (bullets) e alíneas, hifenização, translineação, espaços duplos ou de parágrafos extras no documento.	Diagramar fórmulas e equações (em trabalhos de ciências exatas, por exemplo).
Criar/formatar sumário automático e lista de ilustrações e tabelas.	Criar índices (remissivo, por exemplo) e lista de siglas (elemento opcional).
Formatar a lista de referências bibliográficas ao final do trabalho ajustando destaques (negrito/claro, itálico), caixa--alta e baixa, ajuste de hiperlinks, pontuação etc.	Inserir novas entradas na lista de referências ao final do trabalho acadêmico.
Assessorar o estudante que tenha dúvidas eventuais sobre metodologia, formatação e normalização (sem interferir na tutoria da orientadora).	Alterar elementos de metodologia ou formatar o texto conforme padrões não estabelecidos previamente pelo estudante.

Como você deve ter notado, muitos dos itens de uma lista complementam os da outra, de forma que é possível ajustá-las de acordo com seus critérios e suas políticas.

É muito importante também que a revisora saiba quais são os elementos obrigatórios e os elementos opcionais do trabalho acadêmico para não se ver obrigada a entregar esses elementos como se fossem parte do pacote de serviços. Por exemplo, a lista de siglas é um dos muitos elementos *opcionais*; entretanto, alguns estudantes podem achar que criar uma lista de siglas é obrigação do revisor, quando não é.

Você também deve ter notado que, listadas dessa forma, as atribuições da revisora ficam mais claras e mostram ao potencial cliente não só o nível de intervenção que será feito no texto e na formatação do trabalho, mas também como existem aspectos do trabalho que não podem (ou ao menos não deveriam) ser alterados pela revisora. Isso serve para conscientizar o estudante de que ele é responsável pelas informações e pelos elementos contidos em seu trabalho, dado que será avaliado por essa produção.

Com uma lista desse tipo, universidade, orientadores e educadores podem saber mais claramente quais são os critérios adotados pela revisora que edita os trabalhos de seus estudantes (e a confiança no trabalho dela será maior).

De qualquer forma, trazemos uma lista de práticas toleráveis e práticas que podem ser vistas com maus olhos por orientadores e instituições de ensino no que diz respeito a intervenções feitas por revisores em trabalhos de estudantes.

RECOMENDAÇÕES GERAIS

O QUE FAZER	O QUE NÃO FAZER
Tudo que é especificado claramente pela revisora em suas políticas e orçamentos e que é informado não só ao cliente/estudante no orçamento, mas também a professores, orientadores e universidades (seja por meio de parcerias, seja em relatórios de revisão ou mesmo nos termos de serviço do blog/site da revisora).	Oferecer serviços de redação/criação de trabalhos acadêmicos ou artigos acadêmicos prontos ou redigir, formular, criar, revender, plagiar ou copiar trabalhos acadêmicos produzidos por terceiros (na íntegra ou pequenos trechos) para que sejam vendidos a estudantes/clientes.
Tirar dúvidas pontuais de estudantes por meio de posts, artigos, blog, site ou vídeos e tutoriais públicos.	Assessorar de forma privada estudantes de qualquer modo que invada ou comprometa a tutoria da professora orientadora.
Dar depoimentos e responder a questionários criados por estudantes para suas pesquisas.	Fornecer informações sobre bibliografia, métodos, cálculos, medições, dados estatísticos etc. que o estudante poderia obter por meio de estudo/pesquisa própria.
Alertar o estudante (por meio de comentários no Word ou relatórios e e-mail) sobre trechos incoerentes ou faltantes, trechos que precisem de reformulação ou parágrafos que podem ser reorganizados para melhor fluidez, lógica, estrutura, fundamentação teórica, coesão etc.	Reorganizar a ordem de frases, parágrafos, seções e capítulos, verificar/alterar erros factuais e corrigir cálculos, códigos, equações, dados e fórmulas, redigir e/ou adicionar novo conteúdo etc.
Sugerir ao estudante que especifique por escrito quem foi a revisora do seu trabalho (isso pode ser feito na página de agradecimentos, por exemplo), com indicação (opcional) de contato (e-mail, blog, site, WhatsApp ou outro).	Esquivar-se de se comunicar e dialogar caso a orientadora, a banca de avaliação ou o próprio estudante entre em contato para sanar dúvidas ou explicações diversas sobre seus serviços ou sobre alterações e erros no trabalho.

CONTINUAÇÃO →

RECOMENDAÇÕES GERAIS	
O QUE FAZER	**O QUE NÃO FAZER**
Fornecer relatório final sobre os erros mais frequentes a fim de que o estudante possa analisar a qualidade da própria redação e se aperfeiçoar (feedback formativo); indicar serviços e cursos da própria faculdade ou de terceiros para aperfeiçoamento de escrita e redação.	Cometer plágio e coautoria ou deixar de informar ao estudante, caso perceba, problemas de plágio e erros de atribuição autoral em citações e referências.
Manter cópia do documento, das trocas de mensagens e de orçamentos, versões etc. para evitar problemas legais que possam ocorrer após a finalização dos serviços. Especificar o prazo de exclusão desses arquivos.	Compartilhar o trabalho do estudante com terceiros por qualquer meio (impresso, nuvem, redes sociais, sites, blogs, publicações acadêmicas on-line, sites de compartilhamento de mídia digital etc.).

DEVO ATUALIZAR CITAÇÕES PARA A NOVA ORTOGRAFIA?

Essa é uma dúvida frequente quando falamos de trabalhos acadêmicos. Por se tratar de uma questão complexa e relativa, costumamos dizer que isso deve ser analisado caso a caso. Por exemplo:

- Em um trabalho acadêmico da área de direito, pode ser de interesse do autor manter a grafia original de um artigo de alguma lei antiga.

- Em trabalhos da área de letras, pode também ser de interesse do autor manter a grafia conforme o original, pois o contexto é geralmente metalinguístico.

¶ Em outros casos, pode ser que a atualização seja necessária, pois o que interessa é transmitir a informação, de modo que a ortografia desatualizada pode atrapalhar a leitura e a compreensão da informação que o autor deseja transmitir.

Entretanto, sugerimos a você que *não* atualize ou modifique de nenhuma forma citações diretas sem ciência e consentimento do autor do trabalho. Isso porque citações são registros documentados que devem ser fiéis ao original publicado.

O que pode acontecer são lapsos na digitação, então é bom que as dúvidas sejam sempre apontadas ao autor para que este possa conferir a fonte e certificar-se de que a redação corresponde ao consultado. Se for o caso de corrigir, então tudo bem alterar.

DEVO USAR 'SIC'?

'Sic' é uma palavra latina que significa 'assim', 'desse modo' (HOUAISS, 2009) e é usada para mostrar que um texto está reproduzido tal qual o original.

Essa expressão, no entanto, não é acolhida pela ABNT, provavelmente porque citações diretas já guardam o sentido de que não foram de nenhuma forma alteradas. Então recomendamos que, se o estudante insistir no uso, você pelo menos o deixe avisado de que se trata de algo estranho à normalização.

Caso a expressão esteja numa citação direta (como citações extraídas de reportagens, entrevistas, relatos etc.) e contida na fonte, não há problema em mantê-la.

CAPÍTULO 7

O PLÁGIO

Plágio pode ser definido não só como a apresentação da obra, dos conceitos ou das ideias de outra pessoa como sendo de sua autoria, mas também como a incorporação de ideias, conceitos ou de uma obra, total ou parcialmente, sem a devida atribuição ou sem pleno conhecimento e permissão do autor do original, o que pode ser feito de modo intencional ou não intencional e ainda por descuido, lapso ou desatenção. O *Dicionário Houaiss Eletrônico* define plágio como:

> apresentação feita por alguém, como de sua própria autoria, de trabalho, obra intelectual etc. produzido por outrem (HOUAISS, 2009).

Mas essa definição não toca dois pontos cruciais: 1. a *intenção* ao plagiar outro autor; e 2. que plágio é errado.

Há ainda casos em que a intervenção do revisor pode configurar plágio. Ao longo deste capítulo veremos problemas desse tipo (com exemplos práticos) e como evitá-los. Vamos procurar restringir o assunto ao âmbito acadêmico para que possamos recomendar a você o que fazer quando se deparar com esse tipo de problema, mas, claro, as recomendações a seguir servem como boas práticas de metodologia/redação acadêmica e editorial.

Usaremos estes termos para sintetizar os papéis de pessoas e elementos envolvidos em problemas com plágio:

- original:[9] obra ou documento de qualquer natureza criado por um autor ou mais autores; pode também ser chamado de fonte; inclui texto (livros, revistas, artigos, trabalhos acadêmicos etc.), ilustração, fotografia, gráfico, dados estatísticos, cálculos, esculturas, tweets, vídeos, filmes, séries etc.
- autor(es): criador(es) do conteúdo original/fonte.
- redator: o 'segundo o autor', ou seja, o autor do trabalho acadêmico/estudante.
- plagiador: redator que copia o conteúdo original sem fornecer a devida e correta atribuição.
- referenciação ou atribuição: correto uso da fonte e a devida atribuição do todo, de parte ou de trechos da obra usados num trabalho criado por um estudante; geralmente feita na forma autor-data (no texto) ou em notas de rodapé, com a respectiva entrada na lista de referências ao final do trabalho acadêmico.

TIPOS DE PLÁGIO

Elencar uma série de lapsos e erros que podem configurar plágio é tarefa menos proveitosa que conhecer boas práticas para evitar o problema, mas por clareza vamos listar aqui cinco tipos básicos e mais comuns de plágio.

---

9   Não confundir com 'original' no contexto editorial, ou seja, manuscrito (que, especialmente hoje em dia, nem sempre é manuscrito) ou documento redigido por um autor e geralmente submetido a editoras para ser editado e publicado.

PLÁGIO TOTAL

O plágio total ou integral ocorre quando o redator copia integralmente ideias, textos (geralmente orações ou parágrafos inteiros), figuras e imagens, cálculos, códigos etc. de um autor sem fazer nenhum tipo de referência a ele ou à obra de onde o trecho ou elemento foi retirado. Ao dominar as normas e os procedimentos de referenciação, você já evita esse problema grave e geralmente associado ao que chamamos de 'plágio grosseiro'.

PLÁGIO INDIRETO

É a paráfrase, a reelaboração do original, ou seja, reescrever ou modificar um original ou afirmar com outras palavras aquilo que um autor disse sem fornecer a atribuição. Lembre-se de que toda citação (direta ou como paráfrase) deve fazer referência ao autor e à obra dele.

Mesclar trechos de diversos autores (mosaico) fazendo uso de conectivos e termos não-centrais para dar coesão ao texto também pode ser considerado plágio se a devida atribuição não for feita.

USO INADEQUADO DE CONCEITOS

Trata-se da cópia de conceitos centrais criados por outro autor; é um plágio mais difícil de identificar por exigir relativa bagagem cultural ou avançado conhecimento técnico por parte da revisora.

É importante não confundir esse tipo de plágio com informações abertas e de senso comum. Lembre-se de que o senso comum também é uma forma de conhecimento válido. Por exemplo: um pesquisador acadêmico, em seu trabalho, pode definir *livro* como "publicação em formato impresso ou digital de natureza textual que busca informar, ensinar ou entreter seu leitor"; e aqui ele não é obrigado a referenciar outro autor, uma vez que essa é uma informação coerente cujo conhecimento é acessível a qualquer pessoa.[10]

Da mesma forma, um autor pode fazer afirmações como "A terra é redonda" (acho que a essa altura não temos leitores terraplanistas entre nós) sem precisar referenciar uma fonte ou outro autor cada vez que citar ideias e fizer afirmações de senso comum ou conhecimento geral.

AUTOPLÁGIO

Quando o autor referencia as próprias ideias ou copia trechos de trabalhos de sua autoria já publicados (mesmo no prelo; ou seja, em fase de publicação/sendo impresso) sem fazer a referência de si próprio em seu novo trabalho. Aqui o problema é o fato de o autor apresentar uma ideia, dado ou argumentação como original quando, na verdade, isso já foi publicado anteriormente ou está prestes a ser publicado.

PLÁGIO PELO REVISOR

De modo geral, esse tipo de plágio ocorre quando o revisor insere novo conteúdo ou edita, altera ou reescreve o texto num nível relativo que ele quase se torna coautor do texto.

---

10 Por outro lado, obviamente, ao consultar este livro e copiar verbatim o trecho entre aspas duplas acima para usá-lo como citação em seu próprio trabalho, o pesquisador deve (agora sim) dar a devida atribuição a este livro que você lê agora.

Para identificar e lidar com todos esses tipos de plágio, principalmente com o plágio cometido pelo revisor, recomendamos os procedimentos usados por Liz Dexter em um artigo de 2014 ('What to do when you encounter plagiarism: student work') e em uma série de textos publicados em 2019 no blog da LibroEditing: 'Student at risk of plagiarism 1: What to do when the student hasn't referenced their text correctly' (DEXTER, 2014; 2019a). Vamos recorrer às dicas de Liz Dexter em breve.

O PLÁGIO E A LEI

O mais importante para revisores talvez seja ter ciência em relação ao que *não* tipifica o crime de plágio, e podemos conferir isso nos artigos 46 e 48 da Lei 9.610/1998 (BRASIL, 1998). Os excludentes que podem ser de maior interesse no contexto de trabalhos acadêmicos são estes:

> Art. 46. *Não constitui ofensa* aos direitos autorais:
> [...]
> III – *a citação* em livros, jornais, revistas ou qualquer outro meio de comunicação, *de passagens de qualquer obra*, para fins de estudo, crítica ou polêmica, na medida justificada para o fim a atingir, *indicando-se o nome do autor e a origem da obra*;
> [...]
> VIII – *a reprodução*, em quaisquer obras, *de pequenos trechos de obras preexistentes*, de qualquer natureza, ou de obra integral, quando de artes plásticas, sempre que a reprodução em si não seja o objetivo principal da obra nova e que não prejudique a exploração normal da obra reproduzida nem cause um prejuízo injustificado aos legítimos interesses dos autores.
> [...]

Art. 48. As obras situadas permanentemente *em logradouros públicos podem ser representadas livremente*, por meio de pinturas, desenhos, fotografias e procedimentos audiovisuais (BRASIL, 1998, grifo nosso).

Você deve entender de forma clara esses excludentes para que não se preocupe demais com tudo que *não é* plágio no trabalho e assim possa se concentrar no que é mais relevante.

UM TRABALHO PODE ESTAR LIVRE DE PLÁGIO?

Sobre isso, saiba que, ao usar métodos e boas práticas de normalização para referências e citações de modo preciso, o autor do trabalho acadêmico (bem como a revisora) evitará o risco de cometer plágio.

Portanto, para o estudante, seguir as normas de referenciação e atribuir corretamente outros autores é questão de honestidade intelectual, seriedade e comprometimento com a informação; para a revisora, o domínio das normas ajudará até a distinguir os bons dos maus clientes e o que recomendar (dependendo da etapa do trabalho), além de ajudar a identificar e corrigir eventuais problemas com plágio (intencionais ou não).

Sendo assim, o plágio não é um problema tão 'preto no branco': existem plágios grosseiros, sutis, intencionais e não-intencionais – por lapso ou desatenção do autor do trabalho acadêmico. O plágio pode ainda ser 'consistente' e recorrente (isto é, o texto pode estar tão cheio de plágio que torna o trabalho da revisora praticamente impossível) ou pode ser eventual, acidental e involuntário.

O plágio é relativamente fácil de ser identificado em casos graves; por exemplo: tanto quando o TCC é redigido por estudantes de graduação que não dominam as normas como quando há compra de trabalho acadêmico plagiado. A pesquisa e a atenção às normas e aos procedimentos corretos de referenciação já ajudam a filtrar clientes que enviam à revisora trabalhos com problemas desse tipo.

Em situações mais sutis, geralmente em teses de doutorado mais sérias e bem-elaboradas, autores de livros publicados já reconhecidamente tidos como autoridades etc., podemos seguir a opinião de Araújo quando fala das atribuições do copidesque/preparador:

> [T]rata-se, aqui, de um problema do autor, de sua honestidade intelectual, não cabendo ao editor 'proteger' o autor da desmoralização ou do descrédito científico entre seus leitores (ARAÚJO, 2011, p. 93).

Um 'termo de conferência de plágio' também não garante que o trabalho está livre desse problema. Podemos dizer, por um lado, que não é obrigação da revisora identificar plágio, e que essa seria uma obrigação do professor orientador ou da instituição de ensino, a qual é, na realidade, a parte publicadora interessada que pode vir a ser lesada de alguma forma (por exemplo, se o autor do original quiser processar não só o plagiador mas também a instituição por terem publicado um trabalho acadêmico contendo plágio).

Por outro lado, mais importante que discutir quem é o responsável, talvez seja trabalhar em conjunto, compreendendo os fatores que ajudam a cultura do plágio para saber onde intervir: a saber, na educação e na comunicação com o estudante.

ENTENDER O PLÁGIO E EDUCAR O ESTUDANTE

Você deve aprender tanto quanto puder sobre plágio, metodologia e redação acadêmica e como se comunicar de forma ética e atenciosa com o estudante (algumas vezes também com o orientador e com a universidade) para evitar fazer o estudante se sentir acusado de algum crime ou falta grave, tornando o assunto tabu.

Mais relevante que um 'termo de conferência de plágio' é uma consciência tranquila por parte de todos – estudantes, revisores, orientadores e instituições de ensino.

Mesmo quando intencional e de má-fé, o plágio é uma oportunidade para a revisora intervir diretamente no problema e em suas causas a fim de educar o estudante. Entender a origem do plágio também ajuda a revisora a sobreviver ao problema. Quanto à origem do plágio, veja a análise de Liz Dexter:

> O plágio é, infelizmente, corriqueiro em trabalhos acadêmicos. E até dá para entender: estudantes estão sob muita pressão, e estudantes estrangeiros em particular sofrem grande pressão financeira de seus mantenedores para que retornem com uma boa formação e escolham um trabalho de alto nível. Com cursos lotados e A-levels deixando de preparar estudantes para o rigor do trabalho acadêmico, eles podem não entender que não devem usar trabalhos de outras pessoas sem atribuição, embora universidades lhes forneçam manuais e documentos que buscam explicar e prevenir o plágio (DEXTER, 2014, tradução nossa).

Sob pressão, alguns estudantes também podem recorrer ao uso de estimulantes e outros tipos de drogas para conseguir finalizar seus trabalhos acadêmicos. Além de ser uma forma de trapaça acadêmica injusta com colegas, a concentração fornecida por estimulantes não é capaz de eliminar erros e problemas na pesquisa e na redação de textos acadêmicos; entre eles o plágio. Em muitos casos pode até mesmo ajudar a contribuir para o problema: estudantes ansiosos podem recorrer a colegas 'mais produtivos' e acabar por receber trabalhos inteiros (ou em partes) contendo plágio, que acabam sendo repassados para uma revisora que não tem ciência do problema.

Marcelo Krokoscz, em um estudo sobre a abordagem do plágio em três das melhores universidades brasileiras em comparação com as melhores universidades americanas, europeias e de outros continentes, constata que o modo como o plágio acadêmico vem sendo enfrentado pelas instituições de ensino brasileiras "pode ser considerado, da melhor forma, muito incipiente e, da pior forma, chega a ser constrangedor" (KROKOSCZ, 2011, p. 760).

A universidade no Brasil deve abandonar a postura fiscalizadora e punitiva de enfrentamento do problema do plágio acadêmico, como se se tratasse de um problema a ser resolvido apenas após sua identificação, e procurar seguir procedimentos e práticas que comprovadamente colaboram para mitigar e evitar o plágio.

Nesse sentido, Krokoscz traz como evidência a análise de Donald McCabe sobre ética acadêmica e o problema do plágio com um enfoque na comparação entre estudantes de instituições que utilizam e que não utilizam um código de honra:

> Os alunos submetidos a um código foram menos propensos a trapacear, foram menos propensos a racionalizar ou justificar qualquer comportamento desonesto que tivessem admitido e eram mais propensos a falar sobre a importância da integridade e sobre como uma comunidade moral pode minimizar a desonestidade. Embora os alunos em ambos os

tipos de escolas relatem que eles enganam e sentem muita pressão para enganar, estudantes que possuem códigos de honra aparentemente não sucumbem a estas pressões com a mesma facilidade que os estudantes que não têm um código (MCCABE; TREVINO; BUTTERFIELD, 2001, p. 226-227 apud KROKOSCZ, 2011, p. 750, tradução do autor).

Os autores da pesquisa, segundo Krokoscz, enfatizam por meio de dados que as instituições de ensino que adotam tais códigos têm um menor nível de desonestidade acadêmica e que isso se deve não ao medo de punição, mas a uma cultura que torna inaceitável, para a maior parte de seus alunos, as fraudes acadêmicas mais comuns.

Um bom exemplo de conscientização nesse sentido é a cartilha *Nem tudo que parece é: entenda o que é plágio*, criada pela Comissão de Avaliação de Casos do Instituto de Arte e Comunicação Social da Universidade Federal Fluminense (NERY et al., [2010]).

Cabe ressaltar que códigos de ética acadêmica podem ser complementados por práticas de combate ao plágio que envolvam, entre outras, medidas *institucionais* (como páginas com conteúdo sobre plágio; guias e manuais oficiais; criação de comitê disciplinar e de sindicância etc.), *preventivas* (orientação e formação; workshops, cursos e capacitação; formulários e documentação), *diagnósticas* (disponibilização gratuita de software antiplágio e capacitação para o uso), e *corretivas* (descrição do que configura plágio de acordo com o código de ética institucional e sua penalização, que pode envolver advertência, suspensão, expulsão etc.) (KROKOSCZ, 2011, p. 760).

Como essa geração de estudantes também é composta na maior parte por alunos "mais otimistas em relação ao futuro, mais empenhados com a comunidade, mais academicamente orientáveis, mais politicamente engajados e menos desmotivados" (MCCABE; PAVELA, 2005 apud KROKOSCZ, 2011, p. 751), cabe à universidade fornecer os meios e educar seus alunos nesse sentido, em benefício de todos, mitigando problemas como plágio e trapaças acadêmicas diversas de forma proativa, com o protagonismo dos próprios estudantes.

Já no lado da prestação de serviços, a maior dor de cabeça com plágio envolve a compra de trabalhos em sites que vendem textos acadêmicos prontos, muitos dos quais prometem até mesmo 'trabalhos livres de plágio'. A revisora, sem ter conhecimento de que o trabalho foi redigido/plagiado por um terceiro, pode ter dificuldades para descobrir a origem desse tipo de problema.

Já abordamos o problema da venda de trabalhos acadêmicos no capítulo 3, que trata de como anunciar seus serviços e diferenciá-lo de serviços antiéticos, mas é sempre importante ressaltar que a comunicação com o estudante já na fase do orçamento, buscando o quanto antes verificar se ele é de fato o autor e se domina o conteúdo do trabalho, é essencial para evitar que sua produtividade seja minada.

É possível compreender a pressão pela qual muitos estudantes passam; por outro lado, é preciso entender que repassar trabalhos plagiados para uma revisora é um problema ético grave: pode comprometer a revisora e envolvê-la num problema que não é dela.

O importante é entender que o contexto da produção acadêmica, apesar de corrido e às vezes até caótico (em especial na graduação), não é mundo sem regras: a obtenção de um título acadêmico envolve o estudante num processo de aprendizagem, de compromisso com a pesquisa científica e com os objetivos da instituição de ensino, que aceita o trabalho, o publica e confere o título ao aluno.

Com o uso de softwares antiplágio cada vez mais disseminado entre universidades, orientadores e professores, os estudantes de hoje sabem que o plágio pode ser identificado em minutos; e sabem que isso pode comprometer sua carreira acadêmica e profissional.

Em vez de suprimir a prática, o conhecimento do potencial desses softwares pode levar estudantes a enxergarem na revisora uma espécie de ghost-writer: eles solicitam à revisora que reescreva trechos para burlar esses softwares (estando dispostos a pagar bem por isso) e imaginam que assim estão isentos de culpa e que o problema não será descoberto. Essa é uma prática nociva para todos os envolvidos e deve sempre ser evitada pela revisora profissional e ética.

Apesar de todos esses problemas, mesmo quando se trata de plágio intencional, o ideal é orientar o estudante direcionando-o sempre às boas práticas. Ter a perspectiva de que aqui a função da revisora é mais de ajuda, orientação, comunicação e suporte (em suma: educação) do que de vigilância, acusação e punição ajuda a academia e a pesquisa, o leitor e o próprio estudante, seu cliente.

IDENTIFICANDO O PLÁGIO

Poderíamos indicar dezenas de sites e softwares pagos ou gratuitos que podem ajudar a identificar plágio em textos acadêmicos, mas a melhor ferramenta que você tem é seu motor de busca favorito – na maioria dos casos, o Google. Isso porque o comum é o plagiador não dispender muito tempo e energia para plagiar um trabalho, recorrendo ao meio mais fácil para buscar trabalhos de onde possa copiar trechos: a internet.

Se é da internet que ele copiou o trecho, é a própria internet que vai nos ajudar a identificar de onde ele plagiou o conteúdo. E não importa, muitas vezes, se esse conteúdo está num site, num post de blog, num PDF ou num arquivo de Word que o plagiador baixou da internet: com os mecanismos avançados de busca disponíveis, é fácil descobrir a cópia.

Você pode usar a pesquisa do Google especialmente em parágrafos que contenham as chamadas red flags: trechos com problemas evidentes e que a pesquisa no Google provavelmente mostrará que são de fato plágio.

A seguir vamos trazer três red flags comuns de plágio complementando as dicas de Liz Dexter com nossa experiência, além de mostrar como a pesquisa e o uso de mecanismos de busca e de softwares antiplágio pode ajudar a identificar casos mais evidentes de plágio.

RED FLAG 1: PARÁGRAFOS SEM REFERÊNCIA

Não seguir os métodos adequados de referenciação (intencionalmente ou não) é o que mais contribui para o plágio. Em muitos casos de plágio, o redator intencionalmente omite informações e não fornece a correta atribuição/referenciação de má-fé.

Na imagem a seguir, confira o segundo parágrafo da introdução do trabalho de Witzel (2010, p. 5) observando como o segundo parágrafo traz uma afirmação complexa sem fazer menção a nenhum outro autor ou fonte (seja na forma autor-data, seja em nota de rodapé).

**Figura 1 – Print de trecho da introdução
da dissertação de Wilson Witzel**

> **PODER JUDICIÁRIO, ESTADO DEMOCRÁTICO DE DIREITO E EXECUÇÃO FISCAL**
>
> 1.1 O JUIZ DO ESTADO DEMOCRÁTICO DE DIREITO CONSTITUCIONAL
>
> A evolução do Estado ao longo dos anos, séculos, influencia diretamente os contornos do poder judiciário. O poder de julgar foi sendo absorvido pelo governante como forma de dominação e controle, mas somente com a passagem do Estado Nacional Absolutista para o Estado Moderno, fundado no direito constitucional, vem o fortalecimento das estruturas do Estado com a divisão dos poderes em Executivo, Legislativo e Judiciário. Foi o primeiro passo para a conquista do Estado Democrático, que sendo de direito é democrático[1], sendo até discutível se antes do Estado Moderno seria possível falar propriamente em Estado.
>
> O grande avanço do Estado Moderno foi o de estabelecer um ordenamento constitucional, no qual os Direitos Individuais estavam devidamente especificados e consagrados como "anteparos" aos abusos do Estado anterior, no qual reinava o absolutismo, predominando a vontade e os apetites do Soberano, personificado no Rei ou no Imperador, em detrimento dos legítimos anseios e necessidades do Povo.

Fonte: Witzel (2010, p. 5).

Conforme a reportagem de Matheus Magenta (2019), a dissertação de Witzel tem "ao menos 63 parágrafos copiados de trabalhos publicados por outros seis autores, incluindo um artigo inteiro e a íntegra de um capítulo de outro texto".

A lição mais importante ao analisar esse caso é verificar que pesquisadores e escritores acadêmicos, especialmente aqueles que estão redigindo o trabalho para obter um título, não podem fazer afirmações 'complexas' sem embasá-las com bibliografia adequada e sua correta referenciação e atribuição.

Tendo desconfiado de algum problema, podemos pesquisar o trecho/parágrafo em questão no Google, que nos dará uma série de resultados compatíveis. Tente no seu navegador: ao pesquisar o trecho da dissertação da figura 1, alguns resultados do Google nos remetem a trabalhos acadêmicos diversos publicados desde 2006 ou mesmo antes contendo o mesmo trecho; esses trabalhos, por sua vez, em sua maior parte nos informam que o trecho é de um livro publicado pela primeira vez em 1984: *Função social do Estado contemporâneo*, de autoria de Cesar Luiz Pasold (2013).

Por fim, a reportagem de Magenta mostra que o fato de Witzel não atribuir a referência correta para a fonte de onde extraiu o trecho – seja em apud (ou seja, de um autor que citou Pasold), seja se retirou diretamente do livro de Pasold – pode configurar plágio.

RED FLAG 2: ESTILO INCONSISTENTE

Estilo inconsistente entre parágrafos e outros problemas de morfossintaxe podem ser indícios de plágio.

Busque observar termos e conceitos mais usados pelo estudante, os conectivos favoritos, o estilo de pontuação, os erros mais frequentes e, claro, se ele fornece a referenciação correta de citações, conceitos e outros recursos (ilustrações, fotos, vídeos etc.) usados em seu trabalho.

Você pode apreender o estilo do autor lendo alguns parágrafos apenas (mas quanto mais ler e analisar o trabalho, obviamente, tanto melhor para apreender o estilo do autor). Ao notar uma mudança no estilo, você pode desconfiar de plágio. Outros elementos que denunciam estilo inconsistente e plágio incluem:

- Repentinamente o texto mostra um alto nível de adequação morfossintática e gramatical (o que pode indicar a apropriação de trechos de outros autores); caso você não identifique esse problema ao longo da revisão, poderá verificar isso ao finalizá-la, já que parágrafos sem nenhuma correção (ou poucas marcações/correções) podem indicar que o trecho foi copiado de outro autor:

> [...] mesmo que você não note esse problema conforme avança [na revisão], as ilhas de brancos num mar de correções e destaques coloridos saltam à vista quando você observa toda a página (DEXTER, 2014, tradução nossa).

- Trechos em português com erros morfossintáticos e erros gramaticais que indicam tradução feita por máquina (como o uso do Google Tradutor) e não trazem referência da fonte podem indicar plágio. Toda citação, mesmo que traduzida pelo estudante, deve fornecer a devida atribuição à fonte (como fizemos com a citação retirada do artigo de Liz Dexter no item anterior).

- O uso repentino de conceitos complexos ou palavras multissilábicas.

- O emprego inconsistente de caixa-alta e caixa-baixa (por exemplo, em títulos/cargos; títulos de obras como livros, filmes e revistas; nomes de instituições e empresas etc.).

- Pontuação inconsistente (uso/emprego inconsistente de ponto e vírgula, travessão e meia-risca etc.).

- Alternância entre português brasileiro e europeu (observe elementos como acentuação, palavras de dupla grafia e uso dos *porquês*).

RED FLAG 3: FORMATAÇÃO INCONSISTENTE

Copiar e colar de forma desleixada geralmente preserva a diagramação do documento original.

Assim, ao se deparar com trechos com cores, fontes (e tamanho) diferentes, alinhamento e recuos de primeira linha, espaçamento entrelinha e outros aspectos da diagramação diferentes do restante do trabalho, você pode estar diante de cópias integrais de textos on-line/digitalizados.

EXEMPLOS E SOLUÇÕES PARA O PLÁGIO

Trazemos a seguir um quadro com três colunas:

- Problema: descrição do problema de plágio com o qual você pode se deparar ao receber arquivos de clientes.
- Exemplo: exemplos de redação com problemas de plágio.
- Solução: dicas tanto para a revisora quanto para o estudante do que fazer diante de cada tipo de problema.

O quadro não tem o objetivo de agrupar todas as possibilidades de problemas com plágio; trata-se de uma lista prática que busca mostrar os erros mais recorrentes e as soluções mais adequadas.

Em todos os casos a seguir você sempre deve:

- Ativar o controle de alterações do Word e informar o estudante de que ele deve conferir as alterações rejeitando ou aceitando as modificações. Em muitos casos o cliente usa o recurso 'Aceitar todas as alterações' do Word sem conferir cada modificação; a dica aqui é instruí-lo a aceitar/rejeitar as alterações usando apenas os botões 'Aceitar', 'Rejeitar', 'Anterior' e 'Próximo'.
- Usar os recursos de comentários para indicar problemas com plágio, trechos ambíguos, obscuros ou com redação truncada.
- Interromper o trabalho caso o nível de alteração (alterações + comentários) tenha atingido um limite especificado no seu orçamento ou nos seus termos de serviço. Por exemplo: "Caso a taxa de alteração esteja acima de 5% de reescrita do número total de palavras contidas em seu trabalho acadêmico, eu me reservo o direito de interromper a revisão e contatá-lo com orientações".

PLÁGIO

PROBLEMA	EXEMPLOS	O QUE FAZER
O autor faz afirmações sem referenciação/ atribuição de fonte (por exemplo, autor-data) ao final da frase/trecho ou do parágrafo (que pode estar entre aspas ou não).	Pesquisadores da universidade [...] descobriram que [...] em estudo recente. — Dados recentes informam que [...] nas nações europeias. — Estudos mostram que "o número de desempregados [...] no Brasil".	A revisora deve solicitar que o estudante informe a fonte da informação/ afirmação; o estudante, por sua vez, deve: • citar a fonte (autor-data); • fornecer a referência (entrada na lista de referências); • redigir novamente o trecho tornando as informações e fontes mais claras (opcional), como informar o número de página, por exemplo.
O estudante solicita que a revisora reescreva o trecho realçado ou comentado.	[REVISORA, POR FAVOR, REESCREVA A CITAÇÃO A SEGUIR. NÃO TIVE TEMPO!] Segundo Machado e Moraes (2019), a revisora "participa também da educação [...]".	Note que, mesmo que o estudante use autor-data ou nota de rodapé referenciando a fonte, a reescrita do trecho configura plágio pelo revisor. Explique ao estudante que ele deve ser responsável pela redação do próprio texto e que, ainda que reformule a citação com suas próprias palavras, deve atribuir e citar a fonte.

PLÁGIO

PROBLEMA	EXEMPLOS	O QUE FAZER
Parágrafos longos (um único parágrafo ou diversos parágrafos) sem aspas que trazem atribuição, mas são obviamente cópia integral da fonte.	A revisora participa também da educação ao ajudar na tarefa de garantir a qualidade e a seriedade das publicações criadas por seus pesquisadores (MACHADO; MORAES, 2019).	Tipo mais comum e problemático de plágio porque muitas vezes pode ser difícil de identificar. Aqui o estudante (intencionalmente ou não) faz parecer que o trecho foi reformulado com suas próprias palavras quando não foi. A revisora pode confirmar o plágio fazendo uma pesquisa do trecho no Google e informar o problema ao estudante dando a ele as seguintes opções: • se ele deseja transformar a citação em citação longa com recuo; ou • se deseja reformular o trecho com suas próprias palavras (fornecendo sempre a atribuição).

CONTINUAÇÃO →

PLÁGIO

PROBLEMA	EXEMPLOS	O QUE FAZER
Citações entre aspas ou citações longas (com mais de três linhas e recuo) sem a devida atribuição.	Por isso é possível dizer que a revisora "participa também da educação ao ajudar na tarefa de garantir a qualidade e a seriedade das publicações criadas por seus pesquisadores". — Por isso, podemos dizer que o revisor participa também da educação ao ajudar na tarefa de garantir a qualidade e a seriedade das publicações criadas por seus pesquisadores.	A revisora deve solicitar ao estudante a referência do original/fonte (como autor-data e paginação).
Trechos com formatação inconsistente.	Por isso é importante que o revisor [...] para atender seu cliente. *No âmbito acadêmico, o revisor participa também da educação ao ajudar na tarefa de garantir a qualidade e a seriedade das publicações criadas por seus pesquisadores.* Ao se comunicar com o estudante, o revisor deve [...]. Além disso, o revisor também pode [...] em seus serviços.	No exemplo ao lado, note a inconsistência na formatação do segundo parágrafo em relação ao primeiro e ao terceiro. A revisora pode confirmar se o trecho foi copiado de outra fonte pesquisando no Google e, tendo confirmado o plágio, informar o problema ao estudante (que deve fornecer a correta atribuição).

PLÁGIO

PROBLEMA	EXEMPLOS	O QUE FAZER
O estudante usa recursos de destaque (inicial maiúscula, negrito, itálico etc.) de forma inconsistente (o que geralmente indica cópia de trechos de outro autor).	Já na academia, trabalhando com Pesquisadores, a relação que o Revisor de Textos estabelece com a Educação é ainda mais interessante. O revisor participa também da educação ao ajudar na tarefa de garantir a qualidade e a seriedade das publicações criadas por seus pesquisadores.	No exemplo ao lado, note a inconsistência no uso de caixa-alta e caixa-baixa nos termos 'pesquisadores', 'revisor de textos' e 'educação'. O uso inconsistente de recursos de destaque geralmente indica plágio.
Trechos em português com erros de sintaxe e erros gramaticais que indicam tradução (de trechos de outros autores) feita por máquina (Google Translate, por exemplo) e que não trazem referência da fonte.	O trabalho do revisor é geralmente feito com Alterações Rastreadas.	O erro na tradução ao lado (feita pelo Google Tradutor) é que o jargão 'alterações controladas' é mais usual entre revisores e uma melhor tradução para *track changes*. Caso a revisora tenha domínio do inglês (ou da língua estrangeira em questão), pode pesquisar o trecho em inglês no Google para confirmar o plágio.

Fonte: adaptado de Dexter (2014; 2019a; 2019b; 2019c) e Araújo (2011).

SOFTWARES ANTIPLÁGIO

Na maior parte dos casos que vimos antes, o plágio é identificado porque o estilo do trecho copiado destoa do estilo de redação do estudante. Entretanto, veja a seguinte análise de Nancy Stanlick:

> Agora os estudantes copiam seções inteiras de artigos de blogs, sites de notícias, sites pessoais e outras fontes on-line que não têm um tom acadêmico nem são bem-escritos. Eu não teria identificado esses casos particulares de plágio sem o uso do turnitin.com porque não havia red flags no processo de leitura dos artigos que indicassem que algo estava errado. Eu também não pesquisei esses trechos no Google, já que eles não estavam tão bem-escritos e nada no conteúdo ou na estrutura dos artigos me indicava que seria uma boa ideia submetê-los a uma revisão eletrônica. Além disso, pesquisas no Google são tediosas e tomam grande tempo quando a quantidade de artigos de estudantes também é grande, enquanto um sistema eletrônico não é assim. Antes eu usava o turnitin.com apenas esporadicamente. Agora as coisas mudaram (STANLICK, 2008, p. 9, tradução nossa).

Nesse artigo Nancy chama a atenção para outra nuance do plágio: aquele que é difícil de identificar exatamente por não trazer red flags. Isso se dá porque o estilo e a redação do estudante não destoam dos trechos que ele copiou e plagiou de sites, blogs e outros conteúdos (geralmente redigidos sem a qualidade da redação acadêmica ou sem a qualidade de um livro, por exemplo).

Caso desconfie que o trabalho do estudante não contém plágio apesar de estar malredigido, você pode recorrer a softwares e sites antiplágio (como o Turnitin) para análise mais precisa. Essas ferramentas também são úteis caso você tenha de lidar com uma grande quantidade de artigos e trabalhos (como diz Nancy, a verificação usando o Google, nesse caso, além de trabalhosa, tomaria muito tempo).

Mas note um detalhe importante: a ferramenta antiplágio pode acusar que citações inteiras são retiradas de outras fontes e de trabalhos de outros autores; entretanto, isso não significa necessariamente que o estudante está cometendo plágio: se o estudante atribuiu corretamente o trecho copiado, então não há problema. Resumindo: você deve analisar o trabalho em si mais que os resultados acusados pelo software ou pela ferramenta antiplágio para verificar se se trata de plágio ou não.

PLÁGIO PELO REVISOR E LIMITES DE INTERVENÇÃO

Liz Dexter define plágio pelo revisor ('plagiarism by the editor') assim:

> [Q]uando o editor [revisor] fez tantas alterações no trabalho de um estudante que se torna quase um segundo autor, e o estudante corre o risco de passar o trabalho do revisor adiante como se fosse dele (DEXTER, 2019b, tradução nossa).

A principal estratégia para evitar o risco de cometer esse tipo de plágio é seguir os procedimentos de análise do material e elaboração do orçamento:

- Você verificou que o estudante tem a aprovação da professora orientadora e/ou da instituição de ensino para submeter o trabalho dele a serviços de revisão.
- Você conferiu o arquivo antes de elaborar o orçamento e tem uma perspectiva aproximada do nível de intervenção necessário.
- Você concorda em revisar o trabalho do estudante porque, após a análise do arquivo, tem ciência de que o nível de intervenção provavelmente não configurará plágio pelo revisor.

- Você deixou claro ao estudante (no orçamento ou nos termos de serviço) seus níveis de alterações, correções e intervenções (e seus valores).
- Você está usando os critérios de alteração-sugestão (como visto no capítulo 6) ao lidar com o texto.
- Você está ciente de que usar alterações controladas não significa que você não está escrevendo no lugar do estudante (ou seja, praticando coautoria).

No capítulo 6 vimos em detalhes as tarefas do revisor e os níveis de intervenção praticados por um profissional ético; mas nunca é demais reforçar que nesse contexto o revisor pode alterar elementos como:

- destaques; caixa-alta e baixa; hifenização;
- aspas, vírgulas e pontuação inconsistente;
- tempos e conjugação de verbos inadequados;
- problemas de regência verbal e nominal;
- erros de grafia (gralhas/typos).

Quando você é capaz de entender claramente um erro morfossintático, e desde que o estudante tenha mostrado empenho para se expressar compreendendo o assunto pesquisado, não há problemas em aplicar alterações e correções diretamente (sempre usando o controle de alterações, claro, ensinando o estudante a usar esse recurso).

CALCULANDO O NÍVEL DE INTERVENÇÃO: CÁLCULOS POR 5

Sem dúvida é difícil quantificar os erros citados, mas podemos dizer que o nível de intervenção deve ser razoável e seguir o bom senso. Para nos aproximarmos do que seriam níveis de intervenção razoáveis, podemos seguir algumas sugestões de cálculos:

- 1 POR 5: na lista de referências, por exemplo, é razoável indicar a correção/normalização de uma (1) entrada a cada cinco (5) entradas; os ajustes podem incluir: pontuação; aplicação de destaque (negrito ou itálico) em títulos de documentos; correção de numerais e datas; ajuste de links etc.; essas correções devem ser indicadas com comentários para que o estudante demonstre ter conhecimento e domínio das normas adotadas pela instituição de ensino.
- 5% A 10%: a revisora pode checar até 5% do número total de palavras do documento, não passando de 10%.
- 5 POR 1: cinco comentários por página é um número razoável para uma primeira revisão/copidesque.

Depois que a revisora receber o trabalho do estudante com as correções para as pendências indicadas, deve também revisar/alterar uma quantidade de palavras o mais próximo de 5% do conteúdo total/novo conteúdo, evitando ultrapassar 10%.

Esses valores não são padrão, norma ou lei a serem seguidos à risca; trata-se apenas de um critério que permite quantificar um nível razoável de intervenções por parte do revisor e evitar que configurem plágio ou coautoria.

Como vimos, quantificar por palavra nos ajuda a ter melhor percepção do número de laudas, da quantidade de texto e de palavras alteradas. Ao alterar/corrigir mais que 5% ou 10% do conteúdo, você pode contatar o estudante, avisá-lo do problema e cobrar o valor pelo que foi feito até então. Isso raramente vai acontecer caso você tenha selecionado trabalhos com boa redação.

QUANDO CONTATAR O ESTUDANTE

Lembre-se de manter uma comunicação constante com o estudante para estabelecer o mais cedo possível uma relação de flexibilidade, transparência, segurança e cuidado.

Mesmo mantendo um canal de comunicação aberto com seu cliente, pode ser que em certa etapa da revisão você note que está alterando ou indicando problemas em mais de 5% a 10% do conteúdo total. Para esses casos, nossas sugestões são:

1. Pare o trabalho e salve um arquivo em formato PDF exibindo as alterações controladas feitas até então.
3. Envie um e-mail ao estudante explicando o problema (plágio pelo revisor/coautoria) e anexando o PDF com as alterações controladas.
4. Para evitar que o estudante contrate outra revisora para o restante do trabalho, evite enviar o arquivo em Word nesta etapa; aguarde ele concordar com as condições.

No e-mail, procure ser compreensiva: incentive o estudante a rever manuais, consultar novamente referências e bibliografia e a aplicar com atenção as normas da instituição de ensino no trabalho. Explique que, caso ele se comprometa a fazer os ajustes necessários, você enviará o arquivo em Word para que ele possa continuar o trabalho.

Ao receber a resposta do estudante, você poderá enviar o arquivo em Word junto do valor do serviço relativo ao que foi feito até o momento. Na maior parte dos casos, e quando orientado com atenção, o estudante não verá problemas em fazer os ajustes necessários e reenviar o documento para ser revisado e finalizado.

QUANDO CONTATAR O ORIENTADOR

Você explicou ao estudante que o trabalho dele contém problemas relativos a plágio e que ele deve fazer os ajustes necessários, mas a resposta dele, entre outras, pode se enquadrar em um dos dois tipos a seguir:

1. O estudante pede que você continue a corrigir o texto e diz que o orientador dele deu aprovação para isso.
2. O estudante diz que fará os ajustes necessários e reenvia o arquivo sem solucionar os problemas ou contendo ainda mais plágio.

Casos como esses mostram que o estudante continua sem entender o problema em relação ao plágio. Busque ser compreensiva.

Para o primeiro caso, o mais seguro e ético é que você não intervenha mais no texto, uma vez que continuar o trabalho não solucionará o problema de plágio pelo revisor; ou seja, o ideal é que o estudante sempre redija e corrija o texto fornecendo as atribuições adequadas.

Recomende ao estudante que mostre o trabalho revisado ao orientador pedindo a ajuda dele (e mais prazo) para solucionar os problemas indicados.

No segundo caso, explique mais uma vez o problema relativo ao plágio, a razão por que você não poderá mais trabalhar no arquivo e recomende a ele que procure ajuda com sua professora orientadora ou junto ao departamento.

Se o estudante insistir que a orientadora dele deu aprovação para que você continue a corrigir o texto, você pode solicitar uma evidência (um e-mail encaminhado, por exemplo) de que a professora orientadora aprovou o nível de intervenção necessário (DEXTER, 2019c).

Caso precise contatar a orientadora diretamente, busque a aprovação do estudante para que ele não sinta que você está querendo delatá-lo ou acusá-lo à orientadora.

Ao seguir esse processo você dificilmente precisará contatar o orientador diretamente. Se chegar a um impasse, não se sinta constrangida por interromper o trabalho.

Uma dica é enviar um relatório junto do trabalho revisado para que o estudante e o orientador possam entender claramente os problemas. Esse relatório pode conter:

- Seu e-mail e telefone, um breve currículo e link do seu blog/site.
- A natureza do serviço (se foi feita apenas a revisão, se revisão mais formatação etc.).
- Quais são os elementos técnicos (nível das correções, alterações e edições, formatação etc.) que seu serviço de revisão abrange.
- Prazos/datas de recebimento e entrega do arquivo.
- Elementos ausentes do trabalho (uma lista que mostre se o trabalho contém todos os elementos obrigatórios ou se algum deles ainda está ausente/pendente quando da entrega do trabalho final ao cliente).
- Verificação de plágio, ou seja, avaliar se há problemas quanto a citação e referenciação; se havia plágio ou não no trabalho, e, em caso positivo, se foi eliminado ou corrigido pelo estudante; as ferramentas usadas na identificação do plágio; a data em que a pesquisa foi feita; eventuais links e trechos usados para análise.

Assim que identificar o trecho plagiado, não se esqueça de copiá-lo para seu relatório e inserir um comentário no trecho, incluindo o link do conteúdo original.

É FUNÇÃO DO REVISOR IDENTIFICAR PLÁGIO?

Você deve *tanto quanto possível* identificar o plágio já na etapa do orçamento: trabalhos altamente plagiados têm de ser interrompidos, o que mina a produtividade. Nesse sentido, identificar o plágio (assim como identificar problemas de redação, ausência de elementos obrigatórios e estar ciente de detalhes como pagamento e prazo) é uma questão do revisor consigo mesmo e com seu negócio; é uma atitude 'fora do contrato', digamos.

Em alguns casos, o estudante pode solicitar à revisora que verifique se o trabalho contém ou não plágio. Muitas vezes isso será usado pelo estudante como 'prova' (para a banca, o orientador ou a instituição de ensino) de que o trabalho seguiu os procedimentos corretos de referenciação e citação. Nesse caso, identificar o plágio é uma questão contratual: tudo deve ser acertado entre revisora e estudante.

Vale lembrar que, ao dominar e aplicar corretamente os padrões de referenciação e citação, você já indicará ao estudante muitos problemas referentes a plágio. Caso isso esteja implícito ou explícito no orçamento, nos termos do seu blog ou site ou na troca de e-mails, então tudo estará claro para ambas as partes.

Além disso, o serviço de revisão estabelece relações éticas com a produção acadêmica e a propriedade autoral – tanto na atribuição clara e correta ao trabalho de outros autores quanto nas intervenções feitas pela revisora no trabalho do próprio estudante – e a revisora que deseja atuar mais alinhada a essa ética deve deixar sempre claro em seus termos, orçamentos e troca de e-mails que atua dessa ou daquela forma.

Por esses motivos e pela própria natureza do nosso trabalho – que é basicamente lidar com a transmissão correta, clara e ética de dados e informações para o leitor –, nossa sugestão é que os revisores tratem a identificação do plágio (e seus problemas e consequências como um todo) não como diferencial ou 'serviço extra', mas como prática essencial para sua própria sobrevivência e como uma prática inerente da profissão. Quando dizemos 'prática essencial' queremos dizer no sentido de triagem de bons clientes e como forma de evitar dores de cabeça e retrabalho (entre outros problemas).

Obviamente, alguns colegas podem argumentar que a função do revisor é unicamente aquela estabelecida em seus contratos e orçamentos, termos de uso ou na troca de e-mails com seus clientes. Entretanto, essa postura 'burocrática' não ajuda a educar o estudante e não ajuda o revisor em seu próprio dia a dia na triagem de clientes e de trabalhos de qualidade.

Para esclarecer com um exemplo, podemos imaginar dois casos: o de uma revisora que *nunca* se compromete a identificar plágio no trabalho de estudantes (e que deixa isso claro em seus termos de serviço ou no orçamento); e o de outra revisora que *sempre* identifica plágio nos trabalhos de seus clientes. No primeiro caso, uma possível consequência é a de que o estudante submeta a essa revisora um trabalho altamente plagiado que, uma vez corrigido/revisado, é submetido à banca assim mesmo, contendo plágio. Os efeitos disso podem ser diversos (e negativos, claro); a revisora pode até se eximir de culpa ao esclarecer que nunca verifica plágio e que deixou isso bem claro em seu contrato; entretanto, isso não ajuda a formar uma boa imagem da profissão e do que esperar de positivo (ou de essencial) de serviços profissionais de revisão.

No segundo caso, mesmo que a revisora deixe uma, duas ou três ocorrências de plágio passarem sem correção até a banca ou até a identificação por software antiplágio, ela terá a garantia de que verificou (e o aluno ajustou e atribuiu corretamente) diversas outras ocorrências. A diferença é clara: nem tudo que é contratual (acertado entre ambas as partes) é eticamente correto; e uma postura mais proativa e menos 'burocrática' pode evitar problemas para todas as partes.

Ainda no segundo caso, mesmo que uma quantidade pequena de plágio tenha sido identificada pela banca ou por software, o esforço de todos os envolvidos em sanar o problema (em todos os outros casos de plágio) demonstra que o estudante (bem como a revisora) não agiram de má-fé – o que seria extremamente difícil de ser demonstrado no primeiro caso.

Uma revisora que deixa passar um único plágio e indicou inadequações em 97 outras ocorrências ao longo do trabalho deve ser responsabilizada por esse único plágio? Esse caso é pior que o de um revisor que deixa explícito em seu orçamento que não identifica plágio, nota diversos plágios no documento, mas não os realça nem identifica o problema porque 'o estudante não solicitou verificação de plágio' ou porque, contratualmente, essa não é sua função? Questões profissionais e éticas como essas devem ser cada vez mais debatidas para que todos possam se beneficiar de boas práticas.

Como também vimos, não é função da revisora reescrever, adicionar e inserir ou ocultar e remover qualquer tipo de conteúdo no trabalho de seu cliente sem a ciência dele; mas é sua função alertar, informar e orientar o estudante quanto aos problemas que identificar.

Plágios de fontes fora da internet (a partir de livros ou outros materiais impressos e em formato físico, cuja verificação em muitos casos é impossível para a revisora que não tenha acesso direto a esses materiais) são responsabilidade do estudante e questão de honestidade intelectual dele. Até mesmo porque, como vimos, a revisora que verifica plágio não faz revisão comparada de cada citação com sua fonte/original (trabalho tedioso que geralmente é deixado para um software antiplágio); seria impossível fazer isso durante a revisão enquanto a revisora busca ajustar e corrigir outros problemas; pelo contrário: a revisora sabe identificar *ausências e lapsos de acordo com boas práticas de citação e referenciação* para, daí sim, pesquisar, comprovar (estando embasada) e apontar ao estudante quaisquer eventuais problemas com plágio.

Caso opte por identificar plágio, procure adotar sempre um nível de intervenção razoável usando os critérios '1 por 5' (como a correção de pequenos elementos em uma entrada a cada cinco entradas na lista de referências); '5%-10%' (checar até 5% do número total de palavras do documento, não passando de 10%); e '5 por 1' (cinco comentários por página).

Por fim, nunca torne plágio um assunto tabu: todo revisor deve se informar e buscar aprender o quanto puder sobre procedimentos corretos de referenciação e citação para educar o estudante e guiá-lo com base em boas práticas de pesquisa e uso de informações de qualidade, bem como comprometimento com a pesquisa, com a academia e o leitor, fornecendo a atribuição correta de obras, informações, dados e conceitos de outros autores.

CAPÍTULO 8

RESPOSTAS PRÁTICAS PARA DÚVIDAS COMUNS

Depois do plágio, outras dúvidas e receios que rondam os revisores envolvem relação com o cliente, formas de cobrança, descontos, valores e até mesmo a preocupação com erros encontrados depois da avaliação pela banca. Neste capítulo, e antes de nos aprofundarmos em questões mais técnicas do trabalho acadêmico, buscamos trazer as dúvidas mais recorrentes e esclarecer algumas delas com base nas práticas mais comuns.

QUAL DOS SERVIÇOS VALE MAIS OU É MAIS TRABALHOSO (ENTRE REVISÃO E FORMATAÇÃO DE TEXTOS)?

A revisão geralmente é mais trabalhosa do que a formatação, já que esta pode ser feita quase que exclusivamente por meio de automatizações no Word.

> Entretanto, isso é algo bem pessoal: quanto tempo você leva numa formatação? Quanto leva na revisão? É bom ter esses dados para conseguir equilibrar o percentual de cada tarefa na composição do preço. Lembre-se também de que preço é questão de percepção de valor. A que o cliente que procura você dá mais valor, formatação ou revisão? (MACHADO, 2019a).

Aprender a automatizar a formatação (criar estilos, sumário automático, listas e outros elementos no Word), além de agilizar seu trabalho, também ajudará você a ter uma percepção de valor mais precisa em relação à revisão.

Uma vez que você aprender a formatar o trabalho com recursos de automatização no Word, poderá se concentrar mais na revisão, calcular melhor sua produção e cobrar quanto achar adequado por esse serviço.

E O DESCONTINHO?

Evite a prática de precificar seus orçamentos calculando um valor adicional como uma forma de se precaver do 'choro' por um desconto. Por exemplo: caso seu orçamento tenha ficado em R$ 800, evite aplicar um valor adicional (cobrar R$ 850 ou R$ 900, por exemplo) prevendo que o cliente pedirá um desconto que te obrigará a cobrar o valor original de R$ 800. Sempre precifique de acordo com sua realidade e suas necessidades.

Caso ache necessário oferecer desconto ou caso o cliente peça desconto após a apresentação do orçamento, confira se é possível estabelecer uma relação ganha-ganha: o critério mais racional e a forma mais inteligente de oferecer desconto. Ao oferecer um desconto, cogite se em troca você pode ter

> mais tempo para entregar o trabalho, fazer uma revisão mais simples em vez de supercompleta ou apenas um serviço (no caso de formatações com revisão), não conferir referências, nomes, endereços e outras informações. Resumindo, você pode simplificar o trabalho para que o tempo dispensado na tarefa, no fim das contas, compense o valor que receberá (MACHADO, 2019b).

DEVO SEMPRE OFERECER AMBOS OS SERVIÇOS?

Carol Saller resume bem o problema de falta de domínio de recursos do Word (especialmente entre universitários, mas não só nesse nicho) e as consequências disso para quem trabalha com materiais que precisam ser editados no Word:

> Como mãe de jovens de vinte e poucos anos, recentemente me surpreendi ao notar que o universitário médio – mesmo o tipo que domina mais as ferramentas – não necessariamente domina processos de edição em Word. Eles sabem redigir um artigo, talvez até mesmo inserindo notas de rodapé e referências e adicionando números de página. Sabem animar um documento com fontes e cores maneiras. Podem até explorar o suficiente para descobrir estilos e configurações para margens. Como copidesque, você deve saber muito, muito mais que isso para que seu trabalho seja eficiente (SALLER, 2009, p. 71-72, tradução nossa).

Em qualquer dos casos, siga sempre a máxima 'Jamais orçarás sem checar o arquivo'. Desconfie sempre de clientes apressados que solicitam *só* isso ou *só* aquilo. Isso não significa que você não possa fazer apenas parte do serviço (idealmente, apenas o serviço que domina), mas, caso o cliente peça apenas formatação, apenas revisão (ou ambos os serviços), não se afobe e faça o orçamento verificando o que o cliente precisa de fato para ter um trabalho adequado.

Tenha certeza de que boa parte dos trabalhos exigirão mais, muito mais do que sonha a vã metodologia dos estudantes. Quanto mais você dominar processos e souber o que deve oferecer, maiores as chances de vender serviços mais completos (e corretos).

Caso o cliente insista em apenas um dos serviços, você tem duas saídas:

1. Fazer o serviço solicitado e apenas ele: novamente, sempre orçando depois de verificar o arquivo, deixando claro ao cliente processos, prazos, valores e formas de pagamento.
2. Repassar o serviço: ter uma parceria em seus contatos é vital; seu parceiro é o cara ou a garota com quem você troca figurinhas, dúvidas, soluções e serviços.

E SE O TEXTO PRECISA DE MAIS INTERVENÇÕES DO QUE O COMBINADO?

Para evitar esse tipo de imprevisto, é bom que você verifique o trabalho antes de orçar. Se vir que o necessário (e o que tomará mais do seu tempo) é copidesque, então explique e cobre de acordo com o que acha adequado.

Se isso não for possível, assim que detectar a necessidade de intervir de outras formas no texto além do que foi combinado com o cliente, então contate-o imediatamente para avisá-lo dessa necessidade. Procure dar exemplos daquilo que você precisará alterar e pergunte se o cliente gostaria de adicionar isso ao orçamento. Bons clientes não se importarão com essas alterações e verão isso até com bons olhos. Muitos deles também não se negarão a reajustar o valor final por serviços adicionais desse tipo (desde que os novos valores não sejam abusivos).

Não faça além do que foi combinado com o cliente sem a prévia aprovação dele nem altere tudo e avise-o só no fim. Caso o estudante não veja relevância nesses apontamentos, ao menos você o avisou de que pode haver problemas na hora da banca.

E SE A NOTA FOR MENOR POR CAUSA DE 'ERROS'?

Não são poucas as reclamações de revisores que se deparam com o seguinte problema: depois que o estudante submete o trabalho revisado à banca, esta, durante a apreciação, acaba por apontar um 'erro' qualquer ou diversos 'erros' no trabalho. Isso pode impedir a aprovação do estudante ou reduzir sua nota. O estudante então busca satisfações e justificativas do revisor, muitas vezes exigindo alguma compensação (que o valor pago pelo serviço de revisão seja reembolsado, por exemplo). Que chateação...

Para evitar esse tipo de problema, respeite seus próprios processos: sempre indique no arquivo, com comentários ou outros recursos de destaque, os trechos com erros conceituais, de informação, sem coesão ou coerência. No e-mail, peça ao seu cliente que verifique com atenção esses pontos destacados.

Lembre-se de que você não deve redigir o trabalho pelo aluno. Muitas vezes o estudante não corrige os trechos com apontamentos da revisão e apresenta o trabalho assim mesmo. Para se resguardar, procure manter e-mails trocados com seus clientes por algum período antes de excluí-los.

O estudante que redige um TCC, por exemplo, está ainda numa fase de formação e avaliação. Sendo assim, a revisora (aqui pressupondo que seja mais experiente e tenha uma bagagem cultural maior que a do estudante que a procura) deve ter bom senso para orientá-lo e, principalmente, incentivá-lo quanto a bons procedimentos de pesquisa e produção científica.

Por isso, ao encontrar erros dessa natureza, indicar o problema e solicitar a informação com um comentário pode ser mais positivo – tanto na formação de um bom futuro pesquisador quanto na qualidade da informação passada adiante – do que deixar o erro ser publicado sem nenhuma observação. No entanto, corrigir ou não o erro é, de fato, responsabilidade do estudante, e ele deve lidar com as consequências disso.

Seja clara e objetiva quanto aos prazos e ao que é possível ser feito no trabalho para que o cliente não crie expectativas irreais e cobre você caso ocorram imprevistos desse tipo. Se cobrarem explicações da sua parte, mantenha a calma e peça as correções apontadas pela banca. Compare o arquivo revisado e o original; analise os apontamentos reconhecendo suas falhas e eventuais falhas da banca com imparcialidade e sinceridade. Por fim, dialogue (com todos os envolvidos, se possível) para chegar a um acordo.

NORMALIZAÇÃO E FORMATAÇÃO

> REGRAS DE PADRONIZAÇÃO E ESTILO NÃO SÃO USADAS PORQUE SÃO "CORRETAS". ELAS SÃO USADAS PELA CONVENIÊNCIA EM SERVIR O LEITOR.
>
> — CAROL FISHER SALLER

CAPÍTULO 9

FORMATAÇÃO DE TEXTOS ACADÊMICOS

Contrariando o senso comum, nem todos os revisores amam normalização e sabem todas as regras de trás para frente. Na verdade, até dá para dizer que poucos têm paciência de aprender essas regras para trabalhar com textos acadêmicos.

O que alguns não sabem é que muitas editoras de publicações técnicas também colocam entre as habilidades desejadas para contratação o domínio de regras de citação, organização e formatação de referências bibliográficas. Dizemos sempre que o revisor é feito de suas referências, e as normas também são referências importantes.

MANUAIS PRÓPRIOS DAS UNIVERSIDADES

Antes de começarmos, ressaltamos que não é raro as instituições adaptarem as NBRs ou outras normas em manuais próprios, conforme acreditam ser mais conveniente. Pergunte ao cliente se a instituição tem manual e onde você pode consultá-lo.

Por esse motivo, aqui falaremos sobre o que a ABNT disciplina sem levar em consideração particularidades desta ou daquela instituição específica. Mesmo que você acabe por trabalhar com muitos manuais diferentes, essa base vai ajudar, pois é o ponto de partida para a adaptação das regras.

Assim como todos os estudos na área de revisão de textos, nada substitui a leitura integral das normas. Por isso, evite tomar decisões com base em pesquisas na internet ou em fontes não confiáveis. Recorra às normas oficiais sempre que puder.

ONDE ENCONTRAR AS NORMAS

As NBRs para trabalhos científicos atualizadas estão disponíveis para compra no site ABNT Catálogo. Para encontrá-las, basta acessar a página abntcatalogo.com.br. Na guia *Publicações*, preencha a caixa *Palavra* com 'Elaboração de TCC, Dissertação e Teses'; em *Editora*, selecione *ABNT* no menu drop-down. Clique em *Buscar* e pronto: você verá a coletânea. A ABNT também oferece cursos presenciais sobre as normas.

Caso você seja iniciante, talvez não possa investir na compra de todas elas de uma vez só, mas é interessante que, aos poucos, vá adquirindo as normas para consulta. Não se esqueça de que são parte das suas ferramentas de trabalho e devem ser pensadas como investimento na melhoria de seus serviços.

Alternativamente, pode-se verificar algumas dessas regras em manuais sobre ABNT, como o material *Diretrizes para apresentação de dissertações e teses – ABNT* publicado pela USP, que pode ser baixado gratuitamente neste link: https://bit.ly/32nfapo.

Porém, lembre-se de que muitas dessas normas podem ter sido modificadas especificamente para uso na universidade; por isso tenha cautela ao aplicá-las em trabalhos de outras universidades.

Para ficar por dentro das atualizações, crie um cadastro no site ou siga a ABNT nas redes sociais. Você também pode participar de grupos e fóruns de revisores, porque sempre é assunto comentado entre os colegas.

LISTA PRÁTICA DE NORMAS

Não trazemos os anos de atualização das normas citadas a seguir porque elas podem ser alteradas a qualquer momento (mas você pode conferir o ano nas notas de rodapé a seguir). Para saber se a norma que você está seguindo é a última publicada, busque-a pelo número no site ABNT Catálogo.

ABNT NBR 6022 – Artigo em publicação periódica científica impressa

> [E]specifica os princípios gerais para elaboração e apresentação de elementos que constituem artigos em um periódico técnico e/ou científico.[11]

ABNT NBR 6023 – Referências bibliográficas

> Estabelece os elementos a serem incluídos em referências. [F]ixa a ordem dos elementos das referências e estabelece convenções para transcrição e apresentação da informação originada do documento e/ou outras fontes de informação.
>
> [D]estina-se a orientar a preparação e compilação de referências de material utilizado para a produção de documentos e para inclusão em bibliografias, resumos, resenhas, recensões e outros.[12]

ABNT NBR 6024 – Numeração progressiva das seções de um documento escrito

> [E]stabelece um sistema de numeração progressiva das seções de documentos escritos, de modo a expor numa sequência lógica o inter-relacionamento da matéria e a permitir sua localização.
>
> Aplica-se à redação de todos os tipos de documentos escritos, independentemente do seu suporte, com exceção

---

11 ABNT, 2018a, p. 1.
12 ABNT, 2018b, p. 1

daqueles que possuem sistematização própria (dicionários, vocabulários etc.) ou que não necessitam de sistematização (obras literárias em geral).[13]

ABNT NBR 6027 – Sumário – apresentação

[E]stabelece os requisitos para apresentação de sumário de documentos que exijam visão de conjunto e facilidade de localização das seções e outras partes.
[S]e aplica, no que couber, a documentos eletrônicos.[14]

ABNT NBR 6028 – Resumo – apresentação

[E]stabelece os requisitos para redação e apresentação de resumos.[15]

ABNT NBR 6034 – Índice

[E]stabelece os requisitos de apresentação e os critérios básicos para a elaboração de índices.
Aplica-se, no que couber, aos índices automatizados.[16]

ABNT NBR 10520 – Citações em documentos

[E]specifica as características exigíveis para apresentação de citações em documentos.[17]

ABNT NBR 12225 – Lombada – Apresentação

Estabelece os requisitos para a apresentação de lombadas e aplica-se exclusivamente a documentos em caracteres latinos, gregos ou cirílicos.

---

13 ABNT, 2003a, p. 1.
14 ABNT, 2003b, p. 1.
15 ABNT, 2003c, p. 1.
16 ABNT, 2004, p. 1.
17 ABNT, 2002, p. 1.

Tem por finalidade oferecer regras para a apresentação de lombadas para editores, encadernadores, livreiros, bibliotecas e seus clientes.

Aplica-se, no que couber, a lombadas de outros suportes (gravação de vídeo, gravação de som etc.).[18]

ABNT NBR 14724 - Trabalhos acadêmicos

[E]specicífica os princípios gerais para a elaboração de trabalhos acadêmicos (teses, dissertações e outros), visando sua apresentação à instituição (banca, comissão examinadora de professores, especialistas designados e/ou outros). [A]plica-se, no que couber, aos trabalhos acadêmicos e similares, intra e extraclasse.[19]

ABNT NBR 15287 - Projeto de pesquisa

[E]stabelece os princípios gerais para apresentação de projetos de pesquisa.[20]

IBGE - Normas para apresentação tabular

Destinam-se não somente aos participantes do SEN, mas também a entidades normativas, como a Associação Brasileira de Normas Técnicas-ABNT, que poderão adotá-la em suas recomendações, a centros de documentação e bibliotecas, que terão uma fonte de referência para poder orientar seus usuários, a pesquisadores, professores e estudantes, que terão nestas normas orientação para apresentação tabular dos resultados de seus estudos e pesquisas.[21]

---

18 ABNT, 2004, p. 1.
19 ABNT, 2011, p. 1.
20 ABNT, 2005, p. 1.
21 IBGE, 1993, p. 4.

PARTES QUE COMPÕEM MONOGRAFIAS

Como já vimos, existe mais de um tipo de trabalho acadêmico, e cada um desses tipos possui partes específicas. Vamos começar pelas monografias. A estrutura aqui apresentada serve para TCCs em geral: monografias, dissertações e teses.

Para ver exemplos de aplicação das formatações e do conteúdo em páginas que simulam um trabalho real, consulte os apêndices deste livro.

PARTE EXTERNA

Capa (obrigatório | ABNT NBR 14724) – nome da instituição (opcional); nome do(s) autor(es); título do trabalho; subtítulo (se houver); número do volume (se houver); cidade; ano.

Lombada (opcional | ABNT NBR 12225) – nome do(s) autor(es); título do trabalho; elementos alfanuméricos de identificação de volume; fascículo; data (se houver).

ELEMENTOS PRÉ-TEXTUAIS

Note que, assim como no caso dos elementos pós-textuais, os títulos dos elementos pré-textuais (quando houver) devem aparecer *centralizados* no topo da página, em caixa-alta, negrito e *sem numeração*.

Folha de rosto (obrigatório | ABNT NBR 14724)

- *No anverso:* nome do autor; título do trabalho; subtítulo (se houver); número do volume (se houver); natureza do trabalho; nome do orientador; nome do coorientador (se houver); cidade; ano de entrega do trabalho; sem título 'FOLHA DE ROSTO' no topo da página.
- *No verso:* ficha catalográfica (ABNT NBR 14724).

Observação: a ficha catalográfica deve ser elaborada por um bibliotecário; a universidade geralmente oferece esse tipo de serviço.

Errata (opcional) – título 'ERRATA' no topo da página, centralizado, em caixa-alta e negrito; referência do trabalho e texto da errata em formato de tabela com as colunas 'Folha', 'Linha', 'Onde se lê' e 'Leia-se'. Exemplo:

SOBRENOME, Nome. *Título do trabalho:* subtítulo do trabalho. Orientador: Fulano de Tal. 2018. 117 f. Dissertação (Mestrado em Linguística) – Faculdade de Letras, Universidade XYZ, Nome da Cidade, 2018.

Folha	Linha	Onde se lê	Leia-se
27	3	Chomsk	Chomsky
97	14	(TRINDADE, 2009, p. 27)	(TRINDADE, 2009, p. 37)

Folha de aprovação (obrigatório | ABNT NBR 14724) – nome do autor; título do trabalho; subtítulo (se houver); natureza do trabalho; data de apresentação à banca; nome, titulação, instituição e campo para assinatura dos examinadores; cidade; ano de entrega; não há título 'FOLHA DE APROVAÇÃO' no topo da página.

Dedicatória (opcional) – texto curto no pé da página em corpo redondo e tamanho normal; alinhamento à direita; sem título no topo da página.

Agradecimentos (opcional) – com título 'AGRADECIMENTOS' no topo da página, centralizado, em caixa-alta e negrito; parágrafos normais e corpo normal.

Epígrafe (opcional | ABNT NBR 10520) – sua disposição na página segue as mesmas regras das citações diretas.

Exemplo:

> Si fulano escreve "que deve-se"; "Sente nessa cadeira"; "me acho"; "vou na cidade", "falou pra mim" etc etc, não é porquê me imite porem porquê concorda com o que ele imagina verdades da fala brasileira, é que eu imitei da fala oral dos outros (ANDRADE apud ALMEIDA, 2013, p. 783).

Resumo em língua vernácula (obrigatório | ABNT NBR 6028) – título no topo da página, centralizado, em caixa-alta e negrito; texto em parágrafo único apresentando as principais ideias contidas no trabalho (objetivo, métodos e resultados); deve conter de 100 a 500 palavras; as palavras-chave devem ser antecedidas da expressão 'Palavras-chave:' e separadas entre si por ponto final.

Observação: não é necessário inserir a referência do próprio trabalho acadêmico antes do texto do resumo. Apesar de usual (e sugerido mesmo pelos manuais de algumas universidades), essa prática decorre de uma interpretação equivocada do item 3.2 da NBR 6028:

> O resumo deve ser precedido da referência do documento, *com exceção do resumo inserido no próprio documento* (ABNT, 2003c, p. 2, grifo nosso).

Sendo assim, sugerimos que a página de resumo *não* contenha a referência do próprio documento (a não ser quando exigido pelo cliente).

Resumo em língua estrangeira (obrigatório | ABNT NBR 6028) – em folha separada do resumo em língua vernácula; segue as mesmas regras do resumo em língua vernácula.

Lista de ilustrações (opcional | ABNT NBR 14724) – nome específico (lista de figuras, lista de quadros, lista de gráficos etc.); título no topo da página, centralizado, em caixa-alta e negrito; numeração das ilustrações de acordo com o que é apresentado no texto; travessão; título da ilustração; respectivo número da folha ou página. Quando em grandes quantidades, recomenda-se a elaboração de lista própria para cada tipo de ilustração (figuras, quadros, gráficos, desenhos, esquemas, fluxogramas, fotografias, mapas, organogramas, plantas, quadros, retratos e outras).

Lista de tabelas (opcional | ABNT NBR 14724) – nome específico; numeração de acordo com o que é apresentado no texto; travessão; título da tabela; respectivo número da folha ou página.

Lista de abreviaturas e siglas (opcional | ABNT NBR 14724) – ordem alfabética; sigla/abreviatura; significado por extenso.

Lista de símbolos (opcional | ABNT NBR 14724) – de acordo com a ordem de ocorrência no texto; símbolo; significado por extenso.

Sumário (obrigatório | ABNT NBR 6027) – título no topo da página, centralizado, em caixa-alta e negrito; numeração progressiva; títulos das seções com a mesma formatação usada no texto; respectivos números de página (ABNT, 2003b).

ELEMENTOS TEXTUAIS

Introdução (ABNT NBR 14724) – apresenta os objetivos do trabalho e as razões de sua elaboração.

Desenvolvimento (ABNT NBR 14724) – detalha a pesquisa ou o estudo realizado.

Conclusão – retoma os aspectos analisados no estudo e mostra caminhos para futuras pesquisas.

Observação: segundo a NBR 14724, "a nomenclatura dos títulos dos elementos textuais fica a critério do autor" (ABNT, 2011, p. 5); ou seja, o autor não é necessariamente obrigado a dividir seu trabalho em 'Introdução', 'Desenvolvimento' e 'Conclusão', sendo livre para redigir seus próprios títulos de seções. É importante também notar que o primeiro título (seja ele nomeado como 'Introdução' ou a critério do autor) e todos os títulos dos *elementos textuais* subsequentes devem receber numeração sequencial em algarismos arábicos separados do título por um espaço.

ELEMENTOS PÓS-TEXTUAIS

Referências (obrigatório | ABNT NBR 6023) – título 'REFERÊNCIAS' no topo da página, centralizado, em caixa-alta e negrito seguido das entradas específicas de cada obra consultada; as entradas devem ser formatadas com espaçamento entrelinha simples, separadas entre si por um espaço simples em branco e alinhadas à margem esquerda.

Glossário (opcional – ABNT NBR 14724) – em ordem alfabética; termo; definição.

Apêndices (opcional – ABNT NBR 14724) – título 'APÊNDICE' (apenas em caixa-alta, sem outros destaques), letras maiúsculas consecutivas, travessão e respectivo título. Utilizam-se letras maiúsculas dobradas quando esgotadas as letras do alfabeto.

Exemplo de título de apêndice:

APÊNDICE A – Entrevista com informante J.C.M.

Anexos (opcional – ABNT NBR 14724) – título 'ANEXO' (apenas em caixa-alta, sem outros destaques), letras maiúsculas consecutivas, travessão e respectivo título. Utilizam-se letras maiúsculas dobradas quando esgotadas as letras do alfabeto.

Exemplo de título de anexo:

ANEXO A – Dados divulgados no site oficial da instituição

Observação: apêndices são materiais elaborados pelo autor do trabalho; anexos são materiais não elaborados pelo autor.

Índice (opcional – ABNT NBR 6034) – título 'ÍNDICE' (apenas em caixa-alta, sem outros destaques) com definição de sua função/conteúdo (índice geral, índice onomástico etc.).

PARTES QUE COMPÕEM ARTIGOS CIENTÍFICOS

Importante: a formatação de artigos pode variar de acordo com a publicação a que se destina. Nem sempre são seguidas as normas da ABNT NBR 6022 (ABNT, 2018a).

ELEMENTOS PRÉ-TEXTUAIS

Título (obrigatório) e subtítulo (opcional) – separados por dois-pontos ou diferenciados tipograficamente (por itálico ou negrito, por exemplo).

Título e subtítulo em língua estrangeira (opcionais) – seguem o mesmo padrão adotado no título em vernáculo.

Nome(s) do(s) autor(es) – prenome seguido do sobrenome (ambos em caixa-alta e baixa); em caso de autoria múltipla, os nomes podem ser dispostos com um nome por linha ou todos na mesma linha separados por vírgula; devem constar também breves currículos dos autores, com vínculo institucional e contato (e-mail) em nota de rodapé com sistema de chamada diferente do numérico (asterisco, por exemplo).

Resumo na língua do texto (obrigatório | ABNT NBR 6028) – de 100 a 250 palavras que tragam as principais ideias contidas no artigo.

Resumo em língua estrangeira (opcional) – segue o mesmo padrão adotado no resumo em língua vernácula.

Datas de submissão e aprovação (obrigatório) – dia, mês e ano em que o artigo foi submetido e aprovado para publicação.

Identificação e disponibilidade (opcional) – endereço eletrônico, DOI ou outras informações de disponibilidade do artigo.

ELEMENTOS TEXTUAIS

Introdução – apresenta os objetivos do trabalho e as razões de sua elaboração.

Desenvolvimento – detalha a pesquisa ou estudo realizado.

Considerações finais – retoma os aspectos analisados no estudo e mostra caminhos para futuras pesquisas.

ELEMENTOS PÓS-TEXTUAIS

Referências (obrigatório – ABNT NBR 6023) – título 'REFERÊNCIAS' centralizado no topo da página, em caixa-alta e negrito, seguido das entradas específicas de cada obra consultada.

Glossário (opcional – ABNT NBR 14724) – em ordem alfabética; termo; definição.

Apêndices (opcional – ABNT NBR 14724) – título 'APÊNDICE', letras maiúsculas consecutivas, travessão e respectivo título. Utilizam-se letras maiúsculas dobradas, na identificação dos apêndices, quando esgotadas as letras do alfabeto.

Anexos (opcional – ABNT NBR 14724) – título 'ANEXO', letras maiúsculas consecutivas, travessão e respectivo título. Utilizam-se letras maiúsculas dobradas, na identificação dos apêndices, quando esgotadas as letras do alfabeto.

Agradecimentos (opcional) – o último elemento pós-textual.

ELEMENTOS INTRATEXTUAIS COMUNS AOS FORMATOS DE TRABALHO

Algumas características são recorrentes nos diversos formatos de textos ou publicações acadêmicas. Veja a seguir quais são e obtenha dicas de como formatá-las.

NUMERAÇÃO PROGRESSIVA E FORMATO DOS TÍTULOS (ABNT NBR 6024)

A numeração progressiva serve para identificar as seções e estruturar o trabalho (ABNT, 2003a). Os destaques (negrito, itálico, caixa-alta etc.) usados nos títulos variam de acordo com cada manual de formatação das diferentes universidades brasileiras. O quadro a seguir traz um exemplo de numeração progressiva até a seção quaternária.

EXEMPLOS DE NUMERAÇÃO PROGRESSIVA			
Seção primária	Seção secundária	Seção terciária	Seção quaternária
1 TÍTULO	1.1 TÍTULO	1.1.1 **Título**	1.1.1.1 *Título*
2 TÍTULO	2.1 TÍTULO	2.1.1 **Título**	2.1.1.1 *Título*
...	...	...	...
8 TÍTULO	8.1 TÍTULO	8.1.1 **Título**	8.1.1.1 *Título*

Suas regras de formatação são as seguintes:

- o indicativo de seção deve ser apresentado em algarismos arábicos e de forma sequencial, alinhado à margem esquerda e separado do título por um espaço (não é necessário usar hífen, travessão, ponto ou qualquer outro sinal);
- todas as seções e subseções devem conter um texto relacionado a elas;
- para enumerar elementos de uma seção sem título, é possível usar alíneas em ordem alfabética; exemplo:

a. esta é uma alínea alfabética;
b. alíneas e subalíneas são finalizadas por ponto e vírgula;
  i. esta é uma subalínea;
  ii. subalíneas podem ser introduzidas por numerais romanos (i, ii, iii, iv, v etc.).
c. a última alínea/subalínea é finalizada por ponto.

Apesar de a NBR 14724 prescrever que "títulos das seções primárias devem começar em página ímpar (anverso), na parte superior da mancha gráfica" (ABNT, 2011, p. 10), recomendamos que mesmo esses títulos apareçam sequencialmente no documento.

CITAÇÕES (ABNT NBR 10520)

Uma monografia, dissertação ou tese se arranja ao redor de argumentação. Para isso, são apresentados ao longo do texto subsídios como ideias, conceitos e argumentos de outros autores, dados de pesquisas, estatísticas, imagens, gráficos etc.

As citações trazem a voz de outros autores para a discussão e dão embasamento para o ponto a ser provado ou refutado pelo pesquisador. Elas têm especial importância para revisores por dois motivos: a formatação especial de que carecem e a conferência de referências.

As citações diretas trazem as palavras do autor na íntegra e devem ser destacadas no texto por meio de aspas duplas (até três linhas completas) ou em parágrafo próprio (quando têm mais de três linhas completas).

Já as citações indiretas são o que chamamos de paráfrase: uma "interpretação, explicação ou nova apresentação de um texto que visa torná-lo mais inteligível ou que sugere novo enfoque para o seu sentido" (HOUAISS, 2009). As paráfrases não precisam receber destaque no texto, mas devem ser, obrigatoriamente, acompanhadas pela respectiva referência.

REFERÊNCIAS (ABNT NBR 6023)

Embora a NBR 6023 abra a possibilidade de se usar o sistema numérico para referenciação, veja com o cliente a possibilidade de usar o sistema autor-data. Eis alguns motivos:

1. quando é usado o sistema numérico não é possível usar notas de rodapé, pois isso é vetado pela NBR 10520.
2. conferir essas notas dá mais trabalho e exige domínio de padrões editoriais mais avançados (e isso deve ser considerado no orçamento).
3. o sistema numérico mais dá dor de cabeça do que ajuda a facilitar a leitura.

Tenha em mente, no entanto, que textos da área do direito provavelmente virão com citações em notas de rodapé e provavelmente você não conseguirá reverter isso, pois é a tradição desse campo de estudos. Como dito, considere essa dificuldade extra nos seus orçamentos.

Exemplo no texto:
> Conforme Barro (1995), [...]
> Conforme o autor (BARRO, 1995), [...]

Exemplo na lista de referências:
> BARRO, João de. *Como construir uma casa*. 5. ed. São Paulo: Arvorezinhas, 1995.

NOTAS DE RODAPÉ (ABNT NBR 14724)

As diretrizes estabelecidas para as notas de rodapé são as seguintes:

> devem ser digitadas dentro das margens, ficando separadas do texto por um espaço simples de entre as linhas e por filete de 5 cm, a partir da margem esquerda. Devem ser alinhadas, a partir da segunda linha da mesma nota, abaixo da primeira letra da primeira palavra, de forma a destacar o expoente, sem espaço entre elas e com fonte menor (ABNT, 2011, p. 10).

Exemplo:

---

[1] *Como construir uma casa* é uma obra fundamental do de Barro, pois esclarece como é possível criar sua própria casa em poucos passos.

Note o numeral sobrescrito destacado. Por padrão, o Word mantém a segunda linha (e eventuais linhas subsequentes) do texto da nota de rodapé abaixo do numeral sobrescrito.

Para ajustar isso no Word (e destacar o numeral; ou seja, deslocar a segunda linha e linhas subsequentes do texto da nota), você pode usar a régua. Alternativamente, clicando nas opções de parágrafo, em 'Recuo', na opção 'Especial', basta escolher no menu drop-down a opção 'Deslocamento' e inserir 0,2 cm (ou um valor aproximado) para ajustar o deslocamento.

TABELAS E QUADROS (IBGE – NORMAS PARA APRESENTAÇÃO TABULAR)

A ABNT não tem normas para a formatação de quadros e tabelas, ficando a cargo de um antigo manual do IBGE orientar o uso e a padronização desses itens por meio das *Normas de apresentação tabular* (IBGE, 1993). Veja a diferença entre esses dois tipos de conteúdo e exemplos.

As *tabelas* apresentam e organizam principalmente informações numéricas a fim de facilitar a visualização e compreensão desses dados.

Título	Dados 1	Dados 2
Papel	35	26
Caneta	456	874

Embora a formatação de um *quadro* seja parecida com a de uma tabela, a diferença entre essas duas apresentações de dados é que, em quadros, a principal informação é textual, e não numérica.

Título	Dados 1	Dados 2
Papel	Gramatura alta	Colorido
Caneta	Esferográfica	Azul ou preta

Por fim, lembre-se sempre de verificar se o autor creditou as tabelas, os quadros e as figuras inseridos no trabalho. No caso de autoria própria, fica assim:

> Fonte: a autora (2020).

ILUSTRAÇÕES

Antes da imagem ou gráfico, aparece a palavra designativa (figura, gráfico etc.) seguida do número sequencial dentro da categoria (Figura 1, Gráfico 1 etc.), separada por uma meia-risca de um título que resuma do que a imagem ou o gráfico se trata. Abaixo da imagem ou do gráfico vem a fonte de onde a mídia foi retirada. Confira um exemplo de ilustração a seguir.

Foto 1 – Detalhe da capa da segunda edição de *A construção do livro*

Fonte: Moraes (2015).

Para criar uma lista de ilustrações mais facilmente, clique com o botão direito sobre cada imagem e use o recurso 'Inserir legenda' do Word. Escolha ou crie o rótulo adequado para cada tipo de recurso. Na opção 'Posição', sempre escolha 'Acima do item selecionado'.

Depois de aplicar essa formatação a todas as figuras do trabalho, será mais fácil criar uma lista automática de ilustrações ou uma lista de tabelas (elementos opcionais): no Word, clique na guia 'Referências'; no grupo 'Legendas', clique em 'Inserir índice de ilustrações' e pronto.

NORMALIZAÇÃO PARA QUEM TEM DÚVIDAS

PEIRANI INSISTIU, EM TOM MAIS AFÁVEL: "VEJA, MEU JOVEM, É DIFÍCIL ENTENDER ESSAS COISAS NO INÍCIO DA CARREIRA, E EU ENTENDO POR QUÊ: TODOS OS JOVENS ADORAM PEGAR UM ATALHO. [...] SE O SENHOR PRESTAR ATENÇÃO, VERÁ QUE O MUNDO DE HOJE SE BASEIA EM ESPECIFICAÇÕES; ELE IRÁ BEM SE ELAS FOREM RIGOROSAS E MAL SE ELAS FOREM FROUXAS OU NÃO EXISTIREM. [...] O DIA EM QUE NÃO SÓ OS OBJETOS, MAS TAMBÉM OS CONCEITOS DE JUSTIÇA, HONESTIDADE E ATÉ DE LUCRO – OU AS CATEGORIAS DE ENGENHEIRO, MAGISTRADO ETC. – TIVEREM UMA BOA ESPECIFICAÇÃO, COM AS RELATIVAS TOLERÂNCIAS, MÉTODOS E INSTRUMENTOS DE CONTROLE BEM CLAROS, ESSE SERÁ UM GRANDE DIA. NEM DEVERIA FALTAR UMA ESPECIFICAÇÃO DAS ESPECIFICAÇÕES – PENSO NISSO HÁ TEMPOS".

— PRIMO LEVI, *NOSSAS BELAS ESPECIFICAÇÕES*
(TRADUÇÃO DE MAURÍCIO SANTANA DIAS)

CAPÍTULO 10

ESPECIFICAÇÕES E COMPULSÕES

Respire fundo e tenha calma... A padronização de referências e citações (assim como a própria revisão) é um trabalho sem fim, mas como somos revisores e não burocratas, podemos limitar nossas compulsões e belas especificações a um nível humanamente aceitável e exequível.

É comum, entretanto, que revisores se satisfaçam com o domínio de alguns poucos padrões e regras que jamais serão suficientes quando se tem nas mãos materiais mais complexos (principalmente quem deseja trabalhar com outros conteúdos e materiais, sobretudo livros).

Outro preconceito entre revisores é a ideia de que dominar normas e suas especificações é tarefa sobre-humana; dessa forma, muitos profissionais da área acabam se satisfazendo com um conhecimento tacanho e simplório das normas.

Normas são feitas para serem consultadas – para nossa sorte, a dona Norma não reclama de ser interrompida e questionada a cada minuto. Assim, o segredo para o equilíbrio entre uma boa compreensão das normas (teoria) e a aplicação delas (prática) é usá-las como referência *durante* a revisão. Você não precisa dispender meses no estudo das normas para só então sentir segurança na aplicação delas, mas é imprescindível que revise com elas ali, sempre ao seu lado, prontas para serem consultadas.

Diante de qualquer material que caia em suas mãos, mantenha um olhar atento para sempre distinguir boas referências (aquelas que ajudam o leitor) das más referências (aquelas que atrapalham o leitor ou o induzem a erro); isso formará em você o hábito de levantar dúvidas, debates e discussões que ajudam a encontrar soluções.

Apesar de as recomendações a seguir servirem especialmente para estudantes em fase de elaboração e redação do trabalho acadêmico, podem auxiliar também a revisora para que ela saiba o que solicitar do estudante e como orientá-lo para formular referências completas, claras, objetivas e que ajudam o leitor.

A fim de refletirmos um pouco sobre a importância das normas, confira com atenção as três recomendações a seguir.

NINGUÉM SABE TUDO DE NORMALIZAÇÃO

Uns sabem mais, outros menos, mas todos já erraram em algum momento. Pode ser que você encontre diversos tipos de erros aparentes ou divergências em relação a critérios, dicas e exemplos de citações e referências que traremos a seguir – tentamos nosso melhor para esclarecer pontos que causam dúvidas ao abordar erros recorrentes cometidos não só por estudantes mas até mesmo por revisores e escritores experientes.

Assim, lembre-se sempre de que mais importante que seguir as prescrições à risca é evitar ocultar dados e informações ou transmitir informações e dados incompletos, que possam atrapalhar ou confundir o leitor e minar a pesquisa científica.

Para completar: nenhuma norma é capaz de prever novos tipos de documentos ou novos meios de comunicação e publicação. Uma norma elaborada em 2002 jamais seria capaz de prever o advento e a relevância do Facebook e do Twitter nas ciências humanas, na economia e na política, na propaganda etc. Desse modo, em muitas situações você terá de recorrer a outros critérios e práticas para resolver problemas desse tipo.

Caso você queira se aprofundar mais quanto a diversos detalhes de normalização e apresentação com critério editorial, além da leitura das próprias normas, recomendamos também a íntegra do capítulo 2 ('Normalização geral do texto') de *A construção do livro*, de Emanuel Araújo (2011), que fornece em detalhes prescrições e procedimentos para todos os pontos que você verá ao longo deste capítulo.

NORMALIZAÇÃO É IMPORTANTE

Referências e citações bem-feitas são importantes: ajudam o leitor, o pesquisador e a pesquisa científica de qualidade. Ao oferecer seus serviços, você está oferecendo também a garantia de que se compromete com dados e informações sérias e de qualidade.

Em alguns momentos, por mais que os critérios de normalização pareçam nos obrigar a uma tarefa árdua e monótona, o importante é não perder de vista que a negligência em relação a dados e informações compromete a própria percepção da revisora como prestadora de serviços metódica, que tem olhos exatamente para detalhes que o estudante não tem tempo, conhecimento ou sensibilidade para ajustar e corrigir.

SIGA AS NORMAS SEMPRE QUE PUDER

Siga as normas sempre que puder, pois nada substitui a leitura delas; quando não puder segui-las (por exemplo, o autor citou algum documento não previsto pela norma ou o documento não traz informações suficientes para completar os dados básicos da referência), procure indicar as informações do documento da forma mais completa e coerente:

1. insira esses dados conforme julgar necessário (tudo isso informado ao estudante e devidamente cobrado, claro);
2. siga um padrão lógico.

É importante que você saiba que os modelos a seguir foram baseados na edição de 2002 da NBR 10520 e na edição de 2018 da NBR 6023 (ABNT, 2002; 2018b). Além disso, não pretendemos abordar todos os tipos de documentos listados pela NBR 6023: uma vez que é cada vez mais comum o uso de conteúdos on-line, como sites, blogs, tweets, vídeos, e-books etc., julgamos melhor trazer aqui esses tipos de documentos e as dúvidas que a apresentação deles nas referências pode gerar, mas faremos isso sem deixar de lado tipos de documentos mais 'tradicionais', como livros, revistas/publicações periódicas e normas jurídicas.

REFERÊNCIAS: DIFERENÇAS DE APRESENTAÇÃO

> Infelizmente é muito comum encontrarem-se [...] listas bibliográficas deficientes, discrepantes, quase sempre devido a puro desleixo ou injustificável preguiça, raro por ignorância ou má-fé de quem as elaborou (ARAÚJO, 2011, p. 100).

Depois dessa puxadinha de orelha do Araújo, é importante lembrar que a lista de referências é elemento obrigatório na composição de trabalhos acadêmicos; ou seja, a revisora aqui não tem saída: ela terá de se esforçar para conferir qualidade também a esse elemento fundamental do trabalho acadêmico.

Antes de entrarmos nos pormenores que envolvem a formatação de citações e referências, queremos esclarecer justamente a diferença entre citação e referência. Enquanto a primeira é aquele trecho que vem entre parênteses trazendo alguns dados sobre a fonte, a segunda traz as informações completas, são as entradas que compõem a lista de referências. Assim:

- Citação (além do texto citado):

    (MACHADO; MORAES, 2020).

- Referência:

    MACHADO, Carolina; MORAES, Allan. *Revisão de textos acadêmicos*. São Paulo: [s.n.], 2020. E-book.

Agora, note que diferentes tipos de documentos (livro, revista, trabalho acadêmico, trabalho apresentado em evento e até mesmo tweets e vídeos) têm suas informações dispostas de forma diferente nas respectivas entradas na lista de referências. Ter ciência disso já evita erros na elaboração das referências (como elaborar a referência para um vídeo no mesmo formato da referência para livros).

Toda entrada na lista de referências deve conter os elementos essenciais necessários para a identificação do documento consultado, podendo ser acrescida de elementos complementares; entretanto, ao usar dados complementares para um tipo de documento (livro, por exemplo), você deve usar o mesmo padrão (ou seja, inserir também os elementos complementares) nos outros documentos do mesmo tipo (ABNT, 2018b, p. 5). Consulte os exemplos da NBR 6023 e confira a diferença entre elementos essenciais e complementares.

Todos esses elementos devem aparecer numa sequência padronizada; contudo, essa ordem e a obrigatoriedade de apresentação dos elementos variam conforme a natureza do documento.

Partindo para a prática, veja a seguir as diferenças na apresentação de elementos da referência para duas matérias on-line – uma matéria do site The Intercept e uma reportagem do portal G1 (ambas as entradas podem ser tratadas conforme o item 7.7.6 da NBR 6023:2018) – e um trabalho apresentado em evento científico (item 7.8.4.1 da mesma norma).

MATÉRIA JORNALÍSTICA ON-LINE

Na citação indireta podemos ter algo deste tipo:

> Segundo os autores da matéria, para que este acervo fique seguro no exterior, algumas medidas foram tomadas, além de permitir que outros jornalistas possam ter acesso ao seu conteúdo (GREENWALD; REED; DEMORI, 2019).

Já na citação direta curta, temos algo deste tipo:

> Segundo Greenwald, Reed e Demori (2019), foram tomadas "medidas para garantir a segurança deste acervo fora do Brasil para que vários jornalistas possam acessá-lo".

Ou ainda como citação direta longa:

> Segundo os jornalistas do site,
> foram tomadas algumas medidas para garantir a segurança deste acervo fora do Brasil para que vários jornalistas possam acessá-lo, assegurando que nenhuma autoridade de qualquer país tenha a capacidade de impedir a publicação dessas informações (GREENWALD; REED; DEMORI, 2019).

Entrada na lista de referências:

> GREENWALD, Glenn; REED, Betsy; DEMORI, Leandro. Como e por que o Intercept está publicando chats provados sobre a Lava Jato e Sergio Moro. *The Intercept Brasil*, [s.l.], 9 jun. 2019. Disponível em: https://theintercept.com/2019/06/09/editorial-chats-telegram-lava-jato-moro/. Acesso em: 2 set. 2019.

Note que a referência para matérias de jornais deve trazer os seguintes elementos essenciais:

- nome(s) do(s) autor(es);
- título da matéria (sem destaque);
- local (note que usamos 's.l.', sigla da expressão latina *sine loco*, isto é, 'sem local [de publicação]'; veja mais detalhes na seção 'Abreviaturas e expressões latinas' a seguir);
- data de publicação;
- link e data de acesso (com 'Disponível em:' e 'Acesso em:'; note que os sinais ' < > ' antes usados para abranger hiperlinks foram abolidos pela edição de 2018 da NBR 6023).

Confira o exemplo a seguir para uma matéria on-line sem autoria notando as diferenças e semelhanças com a entrada anterior.

Na citação:

> Em 2018, o Ministério Público de São Paulo lançou uma campanha interna de prevenção ao assédio sexual no trabalho (MINISTÉRIO..., 2018).

Na lista de referências:

> MINISTÉRIO público de SP lança campanha contra assédio sexual no trabalho. *G1*, São Paulo, 12 jul. 2018. Disponível em: https://g1.globo.com/sp/sao-paulo/noticia/ministerio-publico-de-sp-lanca-campanha-contra-assedio-sexual-no-trabalho.ghtml. Acesso em: 20 jun. 2019.

- uma vez que a matéria não é assinada por um autor, na citação (assim como na entrada na lista de referências) a primeira palavra do título da matéria fica em caixa-alta;
- na citação, o título da matéria é abreviado por reticências;

¶ note a caixa-alta: se o título da matéria fosse "O Ministério Público [...]", com o artigo 'o' (ou palavra monossilábica), então o artigo viria também em caixa-alta (tanto na citação autor-data quanto na entrada na lista de referências).

TRABALHO APRESENTADO EM EVENTO

Na citação direta curta:

> Para Ormaneze e Fabbri Júnior (2014, p. 2), "é possível definir narrativa transmídia como aquela que se desdobra por meio de múltiplas plataformas".

Na lista de referências:

> ORMANEZE, Fabiano; FABBRI JÚNIOR, Duílio. Entretenimento, verossimilhança e transmídia na narrativa da telenovela: o caso Marra. In: CONGRESSO BRASILEIRO DE CIÊNCIAS DA COMUNICAÇÃO, 37., 2014, Foz do Iguaçu. *Resumos...* Foz do Iguaçu: Intercom, 2014. Disponível em: http://www.intercom.org.br/sis/2014/resumos/R9-2540-1.pdf. Acesso em: 30 jul. 2019.

Note que, comparando com as entradas anteriores, a ordem e a diagramação de muitos elementos agora mudam ligeiramente:

¶ no título do evento científico, note o 'In:' (isto é, 'Em', 'contido em');

¶ caixa-alta no título do evento (neste caso, um congresso);

¶ número do evento ('37.') com ponto final e entre vírgulas;

¶ ano do evento (2014) e a cidade do evento (Foz do Iguaçu) muitas vezes coincidem com o ano de publicação (também 2014) e a cidade de publicação (também Foz do Iguaçu); ou seja, não é mera repetição, mas duas informações distintas que, em outros casos, poderão também coincidir ou não.

No caso de trabalhos apresentados em eventos, dê atenção especial aos seguintes pontos:

- os algarismos romanos geralmente adotados no título de eventos ('XXI Reunião Brasileira de [...]'; 'XV Congresso [...]' etc.) se tornam algarismos arábicos e aparecem depois do nome do evento, marcados por ponto final e entre vírgulas;
- a publicação, ou seja, a documentação do evento, pode se dar em atas, anais, resultados, *proceedings*, entre outras denominações; as reticências indicam a abreviação de documentos com títulos longos.

LIVROS E E-BOOKS (E SUAS PARTES)

> ANDRADE, Mário de. *Os contos de Belazarte*. Rio de Janeiro: Nova Fronteira, 2013. E-book.
>
> CALDEIRA, Teresa Pires do Rio. *Cidade de muros:* crime, segregação e cidadania em São Paulo. 2. ed. São Paulo: Editora 34, 2003.

Note que a entrada para livro ou e-book deve trazer as seguintes informações básicas (elementos essenciais):

- nome(s) do(s) autor(es);
- título da obra (com destaque em negrito ou itálico); e (se houver) subtítulo (sem destaque);
- edição (se houver; dispensável no caso de primeira edição);
- local (cidade principal);
- editora;
- ano da publicação.

Elementos complementares incluem:

1 tradutor; nome da série ou coleção; número de volumes ou número do volume consultado; números inicial e final das páginas consultadas; título original; ISBN.

Veja no exemplo a seguir uma entrada com elementos complementares.

Na citação direta:

> Em Ramos (1954, p. 243), na página final do volume 2, 'Pavilhão dos primários', encontramos 'virámos' e 'ziguezagueámos', mas não 'transpusémos' nem 'descêmos' (presentes também no trecho).

Na lista:

> RAMOS, Graciliano. *Memórias do cárcere:* pavilhão dos primários. Rio de Janeiro: Livraria José Olympio Editora, 1953. v. 2, cap. 31, p. 243.

Na citação indireta:

> Bachofen (1897 apud COLLI, 2012, p. 20), autor de *Das Mutterrecht*, interpreta o hino das mulheres da Élide como expressão de arrebatamento sexual.

Na lista de referências:

> COLLI, Giorgio. *A sabedoria grega* (I): Dioniso, Apolo, Elêusis, Orfeu, Museu, Hiperbóreos, Enigma. Tradução: Renato Ambrósio. São Paulo: Paulus, 2012. 437 p. (Coleção Philosophica). v. 1., p. 20. Título original: La sapienza greca (I) – Dioniso, Apolo, Eleusi, Orfeo, Museo, Iperborei, Enigma. ISBN 978-85-349-3196-0.

Sempre que possível, atribua os tradutores. Confira o exemplo a seguir.

> SAMARA, Timothy. *Grid*: construção e desconstrução. Tradução: Denise Bottmann. São Paulo: Cosac Naify, 2007.

Adote essa prática tanto para enriquecer a referência para o leitor quanto para atribuir nossos colegas e divulgar seus trabalhos. :)

FILMES E VÍDEOS

Note a diferença, respectivamente, na apresentação de um documentário da Netflix e um vídeo do YouTube (estes dois tratados como documento audiovisual on-line), e de filmes em suporte físico (acessíveis em DVD ou blu-ray, por exemplo):

> BASEADO em fatos raciais. Direção: Fab 5 Freddy. Produção: Fab 5 Freddy e Vikram Gandhi. [S.l.]: Netflix, 2019 (97 min), son., color. Disponível em: https://www.netflix.com/br/title/80213712. Acesso em: 20 jun. 2019.
>
> GUIA essencial de alterações controladas. [S.l.]: Revisão para quê?, 15 out. 2016. 1 vídeo (6 min). Disponível em: https://www.youtube.com/watch?v=UFjPNXyvU9s. Acesso em: 10 maio 2019.
>
> HARAKIRI. Director: Masaki Kobayashi. Screenplay: Shinobu Hashimoto. Original story: Yasuhiko Takiguchi. Music: Toru Takemitsu. Producer: Tatsuo Hosoya. Cast: Tatsuya Nakadai, Rentaro Mikuni, Akira Ishihama et al. New York: Criterion Collection, [2011]; [S.l.]: Shochiku, 1962. 1 disco blu-ray (133 min), son., p&b.
>
> VIVÊNCIAS e fundamentos de um mestre de capoeira. Direção: Mestre Brasília. Produção e edição: Kauê Kabrera. São Paulo: Dínamo Filmes, 2008. 1 DVD (100 min), son., color.

ARTIGO EM PUBLICAÇÃO PERIÓDICA (REVISTA, BOLETIM ETC.)

> PACHALSKI, Lissa; MIRANDA, Ana Ruth Moresco. A metátese na aquisição da escrita: simetrias e assimetrias entre fonologia e ortografia. *Filologia e linguística portuguesa*, São Paulo, v. 20, n. 2, p. 233-256, ago./dez. 2018.

Disponível em: http://www.revistas.usp.br/flp/article/view/151909/152543. Acesso em: 14 out. 2019.

Note os seguintes pontos:

- título do artigo ou da matéria sem destaque;
- título da publicação com destaque;
- local de publicação entre vírgulas;
- abreviaturas em minúsculas: 'v.', 'n.' etc.; exceto 'ano', que aparece assim, por extenso; numeração em algarismos arábicos.

Além disso, opcionalmente e caso conste no documento, o título da publicação periódica pode aparecer de forma abreviada, conforme a NBR 6032 (ABNT, 1989a); assim, ainda usando o exemplo anterior, teríamos o título da publicação abreviado da seguinte forma:

> PACHALSKI, Lissa; MIRANDA, Ana Ruth Moresco. A metátese na aquisição da escrita: simetrias e assimetrias entre fonologia e ortografia. *Fil. Linguíst. Port.*, São Paulo, v. 20, n. 2, p. 233-256, ago./dez. 2018. Disponível em: http://www.revistas.usp.br/flp/article/view/151909/152543. Acesso em: 14 out. 2019.

TRABALHOS ACADÊMICOS (MONOGRAFIAS, DISSERTAÇÕES E TESES)

> ALMEIDA, Aline Novais de. *Edição genética d'A gramatiquinha da fala brasileira de Mário de Andrade*. Orientadora: Therezinha Ancona Lopez. 2013. 1211 f. Dissertação (Mestrado em Letras) – Faculdade de Filosofia, Letras e Ciências Humanas da Universidade de São Paulo, Universidade de São Paulo, São Paulo, 2013. 2 v. DOI 10.11606/D.8.2013.tde-24102013-102309. Disponível em: http://www.teses.usp.br/teses/disponiveis/8/8149/tde-24102013-102309/pt-br.php. Acesso em: 15 jul. 2019.

Nas entradas referentes a teses, dissertações e trabalhos acadêmicos, atente para a ordem dos elementos:

- autor(es);
- título do trabalho (com destaque) e, se houver, subtítulo (sem destaque);
- orientador (elemento complementar);
- ano da publicação/depósito;
- número de folhas/páginas;
- tipo de trabalho (tese, dissertação, trabalho de conclusão de curso etc.);
- grau e curso (entre parênteses);
- vinculação acadêmica (nome da faculdade, do instituto etc.) precedida de meia-risca com espaços;
- nome da instituição de ensino ou universidade (entre vírgulas);
- local/cidade (entre vírgulas);
- data da apresentação ou defesa mencionada na folha de aprovação (apesar de geralmente coincidirem, não confundir com o ano de publicação apresentado após o título/subtítulo do trabalho).

LEIS

Na citação:

> A lei que dispõe sobre as sociedades por ações (BRASIL, 1997) traz em seu artigo [...].

Nas referências:

> BRASIL. Ministério da Fazenda. Lei nº 9.457, de 5 de maio de 1997. Altera dispositivos da Lei nº 6.404, de 15 de dezembro de 1976, que dispõe sobre as sociedades por ações e da Lei nº 6.385, de 7 de dezembro de 1976, que dispõe sobre o mercado de valores mobiliários e cria a Comissão de Valores Mobiliários. *Diário Oficial da União,* Brasília, DF: 5 maio 1997. Disponível em: http://www.planalto.gov.br/ccivil_03/leis/L9457.htm. Acesso em: 2 set. 2018.

Uma vez que as leis federais em sua maioria são publicadas on-line pelo site do Planalto, sempre que possível informe o link principal da lei, pois o material fica mais enriquecido e embasado, facilitando também a consulta.

CONSTITUIÇÃO

> BRASIL. [Constituição (1988)]. *Constituição da República Federativa do Brasil de 1988.* Brasília, DF: Poder Legislativo, [2016]. Disponível em: http://www.planalto.gov.br/ccivil_03/ constituicao/constituicao.htm. Acesso em: 10 set. 2019.

DOCUMENTO TRIDIMENSIONAL

Inclui maquetes, esculturas, monumentos, fósseis, objetos de museu, entre outros.

> FRACCAROLI, Caetano. *Relógio solar.* 1985. São Paulo, Praça da Reitoria da Cidade Universitária, Universidade de São Paulo. 1 estrutura variável de chapa de aço metalizado em alumínio com 312 cm de altura.

TWEETS

Uma vez que a NBR 6023:2018 fornece dois exemplos de referências para tweets, sugerimos aqui dois modos respectivos de padronização, distinguindo entre: 1. tweets feitos por perfil pessoal; e 2. tweets feitos por perfis de instituições, empresas, portais de jornalismo, entre outros. Confira, respectivamente, dois exemplos:

> CHADE, Jamil. *Comissão Interamericana de Direitos Humanos pede a "identificação de responsabilidades pela morte da menina Ágatha"* [...]. [Genebra], 22 set. 2019. Twitter: @JamilChade. Disponível em: https://twitter.com/JamilChade/status/1175818376679178240. Acesso em: 25 set. 2019.

> PARA CADA aumento de 10% no número de armas em circulação, a taxa de assassinatos de mulheres ocorridos dentro de casa, por parceiros e membros da família, cresce 14%. [S.l.], 23 set. 2019. Twitter: @pontejornalismo. Disponível em: https://twitter.com/pontejornalismo/status/117618010686 9518336. Acesso em: 25 set. 2019.

ABREVIATURAS E EXPRESSÕES LATINAS

Você pode conferir as abreviaturas e expressões latinas mais comuns ao final da NBR 6023:2018, mas trazemos a seguir as mais recorrentes e que causam mais dúvidas.

Embora a NBR 6023:2018 traga exemplos de entradas para referências com abreviaturas/expressões em itálico, preferimos empregar neste livro o uso em redondo, conforme os exemplos já fornecidos na seção anterior e conforme Araújo:

> Como essas e outras abreviaturas já se incorporaram ao domínio comum, a ABNT (NBR 10520:2002, itens 7.1.2 e 7.1.3) julga desnecessário seu realce com itálico, pelo que temos, por exemplo etc. e não *etc.*, i.e. e não *i.e.*, apud e não *apud*, op. cit. e não *op. cit.* e assim por diante (ARAÚJO, 2011, p. 100, grifo do autor).

Ou seja, as NBRs 6023 e 10520 (até as edições atuais) aplicam o itálico de formas diferentes e conflitantes nas expressões latinas e suas abreviaturas. Além disso, a NBR 6023:2018 emprega espaçamento nas abreviaturas de algumas expressões latinas que antes não traziam espaçamento entre seus elementos (por exemplo, 's. l.', com espaço, em vez de 's.l.', sem espaço).

Uma vez que a NBR 6023:2018 não reflete o uso geral (até mesmo editorial), e ainda não há atualização da 10520, é possível evitar o itálico (bem como espaçamento em algumas abreviaturas) – principalmente em textos que não precisem seguir estritamente a ABNT. Note, também, que o itálico em estrangeirismos de qualquer natureza é uma padronização gráfica, e não uma exigência gramatical.

De qualquer forma, você é livre para aplicar itálico e espaçamento, mas lembre-se de manter a padronização em seu emprego em citações autor-data, notas de rodapé, citações e referências de modo geral.

apud

Literalmente significa 'em', 'junto de', mas usada mais com o sentido de 'citado por', 'conforme', 'segundo'; serve para indicar a autoria de um documento a que o estudante não teve acesso diretamente, mas por meio de outro autor (este, sim, consultado diretamente pelo estudante).

Nas referências autor-data (bem como no sistema numérico com notas de rodapé), além de atenção à pontuação e ao espaçamento, use a expressão 'apud' sempre em caixa-baixa e nunca abrevie:

> Para Morais (2005 apud ARAÚJO, 2011, p. 32), alguns dos livros publicados [...].

É comum que estudantes e até mesmo escritores não informem o ano antes da expressão 'apud' em referências autor-data, omitindo do leitor um dado muito importante. Antes da expressão 'apud' é vital informar o ano da publicação do documento consultado indiretamente. No exemplo anterior, podemos entender:

> Para Morais ([publicado em] 2005 [e citado por] ARAÚJO, 2011, p. 38), alguns dos livros publicados [...].

Nas citações diretas com 'apud', além do ano, o estudante deve também informar o número da página:

> Para Morais (2005, p. 201-202 apud ARAÚJO, 2011, p. 38), "certos livros publicados ultimamente demonstram um progresso no sentido de apresentar melhor a nossa produção intelectual".

Se esses dados forem omitidos, a revisora deve solicitá-los ao estudante.

et alii [et al.]

Literalmente, 'e outros'; pode ser usada para indicar coautoria quando o documento tem quatro ou mais autores; a abreviatura da expressão ('et al.') pode ser usada no texto (em referências autor-data), em notas de rodapé (sistema numérico) e na entrada na lista de referências:

> BARTHES, Roland et al. *Análise estrutural da narrativa.* 7. ed. Tradução: Maria Zélia Barbosa Pinto. Petrópolis: Vozes, 2011.

É muito comum que estudantes empreguem erroneamente ponto final em 'et': 'et. al.' – convém ao revisor apontar o erro ao estudante e padronizar lapsos desse tipo.

in

Literalmente, 'em', 'dentro', 'contido em'; serve para indicar parte de um documento, geralmente a seção ou o capítulo assinado por um autor e que é parte de um livro com mais de um autor ou que tem um editor ou organizador; por exemplo (na citação direta):

> O capítulo 'Modalidades de textos universitários', de autoria de Miguel Godoy, conclui bem ao dizer que um texto "é uma demonstração a partir de argumentos" (GODOY, 2006, p. 63).

Na lista de referências teremos claro que o estudante retirou a citação acima de um capítulo do livro, que na entrada é introduzido por 'In':

> GODOY, Miguel. Modalidades de textos acadêmicos. In: POZZEBON, Paulo (org.). *Mínima metodológica. Campinas:* Alínea, 2004. 150 p.

sine loco [s.l.]

Literalmente, 'sem local'; a abreviatura da expressão ('s.l.') é usada entre colchetes para indicar a ausência de cidade/local de publicação no documento. Dê atenção à pontuação antes e depois da abreviatura (ponto final, vírgulas ou dois pontos) e à variação entre maiúsculas e minúsculas exigida pelo tipo de pontuação:

> [...] *The Intercept Brasil,* [s.l.], 9 jun. 2019. [...]
> [...] Produção: Fab 5 Freddy e Vikram Gandhi. [S.l.]: Netflix, 2019 (97 min), son., color. [...]

sine nomine [s.n.]

Literalmente, 'sem nome'; a abreviatura ('s.n.') é usada quando a editora não puder ser identificada no documento consultado. Como no caso anterior, dê atenção à pontuação e à variação entre maiúsculas e minúsculas. Quando não é possível identificar a cidade e a editora no documento, pode-se usar ambas as abreviaturas entre colchetes:

> HARNBY, Louise. *Business Planning for Editorial Freelancers:* A Guide for New Starters. [S.l.: s.n.], 2013. E-book. Disponível em: https://www.louiseharnbyproofreader.com/business-planning-for-editorial-freelancers-a-guide-for-new-starters.html. Acesso em: 20 mar. 2014.

EXPRESSÕES USADAS EM NOTAS DE RODAPÉ

Algumas expressões restritas a notas de rodapé incluem:

- opus citatum: 'obra citada'; usada para indicar obra já citada em nota anterior; abreviatura: op. cit.

- idem: 'o mesmo'; usada para indicar outra obra de mesma autoria já citada em nota anterior; abreviatura: id.

- ibidem: 'aí mesmo', 'no mesmo lugar'; usada para indicar a mesma obra de mesma autoria já citada em nota anterior; abreviatura: ibid.

- loco citato: 'local citado'; usada para indicar a mesma página de obra de mesma autoria já citada anteriormente; abreviatura: loc. cit.

OUTROS PONTOS DE ATENÇÃO

Existem mais algumas sutilezas na padronização a que você precisa se atentar. Confira algumas delas a seguir.

CIDADES

Quando o documento traz mais de um local para uma editora, podemos indicar como local a primeira cidade ou a mais destacada. Caso o livro tenha sido publicado por duas editoras em cidades diferentes, deve-se inserir ambas separadas por ponto e vírgula:

>AZEREDO, José Carlos de; BRITO, Ana Maria; OLIVEIRA NETO, Godofredo de; LOHSE, Birger. *Gramática comparativa Houaiss*: quatro línguas românicas. São Paulo: Publifolha; Rio de Janeiro: Paracatu, 2010.

No caso de mais de dois locais diferentes, pode-se inserir apenas o mais destacado.

Quando a cidade não aparece no documento mas pode ser identificada, é possível apresentá-la entre colchetes:

>MACHADO, Carolina. *Precificação de revisão para freelancers*. [Lisboa: s.n.], 2019. E-book. Disponível em: https://revisao.webook.link/precificacao/. Acesso em: 20 set. 2019.

Quando estado e município forem homônimos, basta inserir '(Estado)' ou '(Município)' assim, entre parênteses:

>SÃO PAULO (Município). Prefeitura da Cidade de São Paulo. *Declaração Eletrônica de Serviços de Instituições Financeiras – DES-IF:* manual prático do usuário. São Paulo, 2017. 79 p. Disponível em: https://www.prefeitura.sp.gov.br/cidade/upload/manual_do_usuario_1508254282.pdf. Acesso em: 23 set. 2019.

Quando os municípios forem homônimos, basta indicar a sigla do estado entre parênteses. O *Manual de Referenciação para Recursos da Informação da Embrapa* traz um anexo com as listas de cidades brasileiras homônimas (SETTE, 2018). Salve nos favoritos: https://www.embrapa.br/manual-de-referenciacao.

Em matérias jornalísticas, a cidade pode ser tanto o local em que a matéria foi feita (em revistas/portais on-line, geralmente o nome da cidade aparece ao lado do nome do jornalista que assina a matéria) ou a cidade-sede da publicação (informação geralmente encontrada na página 'Contato' do site).

FONTES DE FIGURAS, QUADROS E TABELAS

Nas fontes de figuras, quadros, tabelas etc., tratamos as remissivas autor-data da mesma forma que no miolo do texto:

> Fonte: adaptado de Sacristán e Gómez (1998, p. 130).
> [forma correta]
> Fonte: adaptado de SACRISTÁN; GÓMEZ, 1998, p. 130.
> [forma incorreta]

Note:

- nomes dos autores em caixa-alta e baixa (nunca apenas em caixa-alta);
- nomes dos autores unidos pela conjunção 'e' (no caso de três autores, teríamos vírgula, por exemplo: 'Sacristán, Gómez e Silva'; com mais de quatro autores, pode-se usar apenas um autor mais 'et al.');
- ano e página entre parênteses (como nas remissivas autor-data no miolo do texto).

DATAS DE ACESSO

Veja a seguir a forma correta de data de acesso em referências que contêm links:

> Acesso em: 6 ago. 2019.

Erros comuns em datas de acesso de referências que contêm links incluem:

- barras: 'Acesso em: 6/8/19';
- preposição 'de': 'Acesso em: 6 de ago. de 2019';
- zero à esquerda: 'Acesso em: 06 ago. 2019';
- meses por extenso: 'Acesso em: 6 agosto 2019';
- supressão de 'em': 'Acesso 6 ago. 2019'.

AUTORES, EDITORES E ORGANIZADORES

No caso de sobrenomes compostos que usam as preposições 'de', 'do' etc. e conjunção 'e', esses elementos devem aparecer pospostos: 'ALENCAR, José de'; 'SOUSA, João da Cruz e'; 'ASSIS, Machado de' (ARAÚJO, 2011).

A NBR 6023:2018 prescreve que o pseudônimo de um autor deve ser usado no lugar da autoria; entretanto, é possível redigir a entrada especificando a autoria real com a abreviatura 'pseud.' e o nome do autor entre parênteses:

> BEAUJON, Paul (pseud. de Beatrice Warde). The *Garamond* types: sixteenth and seventeenth century sources considered. *The Fleuron*, [s.l.], n. 5, p. 131-179, 1926.

A abreviatura 'ed.' é usada tanto para indicar 'edição' quanto 'editor(es)'; não confundir com 'Ed.' (com inicial maiúscula), abreviatura de 'editora'. É precedida do numeral arábico que especifica a edição (que sempre deve aparecer com ponto final), podendo ser também sucedida pelas abreviaturas de 'revisada' ('rev.') e 'aumentada' ('aum.'), entre outras:

> RÓNAI, Paulo. *A tradução vivida*. 3. ed. rev. e aum. Rio de Janeiro: Nova Fronteira, 1990.

Para especificar o editor de um título, use também a abreviatura 'ed.' entre parênteses; para o plural ('editores'), use a mesma sigla (nunca use a forma 'eds.'); o mesmo se aplica a 'organizadores' e 'compiladores' – abreviaturas 'org.' e 'comp.', respectivamente:

> GUERINI, Andreia; ARRIGONI, Maria Teresa (org.). *Clássicos da teoria da tradução:* italiano-português. Florianópolis: UFSC, 2005.
>
> HARMAN, Eleanor; MONTAGNES, Ian; MCMENEMY, Siobhan (ed.). *The thesis and the book:* a guide for first-time academic authors. 2nd ed. Toronto: University of Toronto Press, 2003.

FIO

Você não é obrigada a empregar o fio em todos os casos em que ele puder ser usado; entretanto, ao usá-lo para um autor com obras distintas citadas sucessivamente, é recomendável manter o padrão para outros autores na lista de referências.

Lembre-se também de que o fio tem a extensão de apenas seis toques do tipo underline:

> ASSOCIAÇÃO BRASILEIRA DE NORMAS TÉCNICAS. *ABNT NBR 6027:* informação e documentação: sumário: apresentação. Rio de Janeiro: ABNT, 2003.
>
> _____. *ABNT NBR 6033:* informação e documentação: ordem alfabética. Rio de Janeiro: ABNT, 1989.

Note, contudo, que esse recurso não aparece prescrito em norma desde a edição de 2018 da NBR 6023. Com isso, você pode recomendar ao estudante que não o use em seu trabalho.

Caso o estudante não use fio nas entradas, fica mais fácil organizar alfabeticamente a lista de referências usando a função 'Classificar' do Word: selecione toda a lista de referências; vá até a guia 'Página inicial'; no grupo 'Parágrafo', clique no botão 'Classificar' (ícone 'AZ↓'); você verá que a lista de referências será organizada alfabeticamente. Caso note algum erro na classificação alfabética, verifique eventuais parágrafos extras entre as entradas usando a função 'Mostrar tudo' ([Ctrl] + [Shift] + [*]).

POSSO USAR '[S.D.]'?

Nas referências de sites é comum que os autores não informem a data do documento consultado. Isso tem levado à prática (até mesmo editorial) de usar a sigla 's.d.' (ou 's/d') para indicar que o documento não tem data.

Além de podermos inferir da NBR 6023 que uma data (que pode ser do copyright, como último recurso) sempre deve ser indicada, informá-la, sempre que possível, evita a disseminação de informações incompletas e descontextualizadas. Um texto pontuado de referências autor-data contendo 's.d.' obscurece a contextualização e a atualização da informação para o leitor.

Como o ano de copyright de muitos sites não reflete a data de publicação do artigo/matéria/post etc., você pode procurar pela data mais específica do seguinte modo:

- Na página inicial do Google, pesquise a URL da página com 'inurl:' (sem aspas) na frente da URL. Exemplo:

    inurl:https://www.mma.gov.br/educacao-ambiental.html
- Depois vá até a barra de endereços e bem no final do endereço (você pode usar a tecla 'End') digite:

    &as_qdr=y15
- Pressione 'Enter'.
- A data de publicação ou de última modificação aparecerá na frente do texto de amostra do resultado do Google, abaixo da URL; no exemplo acima, você poderá ver a data '6 de maio de 2015', que é a data de publicação original da página ou de sua última modificação.

Se mesmo assim uma data de publicação não puder ser encontrada, podemos ter um caso como o do seguinte exemplo:

> Segundo o site oficial da Coca-Cola Brasil ([2018]), a seção para perguntas e respostas [...].

Ou:

> [...] a empresa disponibilizou no ar uma seção para perguntas (COCA-COLA BRASIL, [2018]).

Nas referências:

> COCA-COLA BRASIL. *Tem alguma dúvida? Nós esclarecemos para você.* [S.l.], [2018]. Disponível em: https://www.cocacolabrasil.com.br/pergunte. Acesso em: 20 out. 2018.

Note os colchetes: o ano de 2018 foi inserido como uma data aproximada; a data aparece entre colchetes tanto na citação autor-data quanto na entrada na lista de referências.

PAGINAÇÃO DE E-BOOKS

Informar a página de citações diretas é essencial; mas a edição atual da NBR 10520, de 2002, não traz uma prescrição para citações retiradas de e-books.

Por isso, enquanto aguardamos alguma prescrição da ABNT na atualização da norma (e uma vez que seu cliente pode ter o mesmo tipo de dúvida), trazemos aqui uma sugestão para resolver o problema: em vez de pedir ao estudante que reformule a citação direta com as próprias palavras, peça a ele que use o local do e-book (Location; 'Loc', no Kindle) para informar a paginação na referência de citações diretas retiradas de e-books.[22]

Dessa forma é possível interpretar o local de leitura de um e-book Kindle, por exemplo, como equivalente à velha e conhecida página.

Para indicar o local do e-book na referência, nossa sugestão é usar a mesma sigla já usada para 'página' ('p.') – ou seja, podemos tratar 'p.' como sinônimo de 'posição', sem deixar de fornecer um dado importante ao leitor.

Para exemplificar, confira a citação retirada da posição (Loc) 847 da versão e-book de *Pogrom*, de Steven Zipperstein:

---

[22] Para conferir o local de leitura do e-book no Kindle, faça o seguinte: clique no canto inferior esquerdo para alternar entre exibição de local (Loc), tempo restante no capítulo ou exibição limpa. Você também pode clicar na parte superior da página, depois clicar em 'Page display' ('Exibição de página') e então em 'Font & Page Settings' ('Configurações de fonte e página'); por fim, na guia 'Reading' ('Leitura'), basta escolher a opção 'Location in book' ('Local no livro').

> Segundo Zipperstein, "em breve se tornaria lugar-comum justapor os terrores do pogrom [de Kishinev] com seu ameno clima primaveril" (ZIPPERSTEIN, 2018, p. 847, tradução nossa).

Mesmo que se trate de um e-book, podemos usar 'p.' também na lista de referências:

> ZIPPERSTEIN, Steven J. *Pogrom:* Kishinev and the Tilt of History. New York: Liveright, 2018. E-book. p. 847.

Com a informação de que se trata de e-book, o leitor pode inferir que 'p.' é sinônimo de 'location'.

ATÉ LOGO!

Esperamos que você tenha aprendido dicas úteis para a sua prática na revisão de textos acadêmicos com este livro e que, a partir daqui, você possa buscar outras referências para se guiar no dia a dia e se aperfeiçoar para ser uma melhor revisora, seja ao continuar a trabalhar com textos acadêmicos, seja ao começar a revisar livros técnicos, literatura e autores independentes, traduções e propaganda.

Como dissemos lá no início, nossa ideia é trazer a você, nossa colega, informações que possam contribuir para a sua carreira, principalmente em relação a aspectos, práticas e processos que não são facilmente encontrados em outras fontes. Para isso, buscamos salientar dificuldades e dúvidas específicas que, como profissionais, já encontramos em nossa trajetória, trazendo soluções para elas com base em muita pesquisa e materiais de referência.

O cliente de revisão acadêmica tem qualidades bem específicas e requer atenção especial. À revisora que deseja seguir nesse nicho, cabe entender as fragilidades que o estudante enfrenta ao fim do seu ciclo de estudos e conduzi-lo de forma tranquila até o ponto alto dessa jornada.

À revisora que quer dominar o trabalho de revisão de textos acadêmicos para avançar rumo a novos nichos e tipos de serviços com textos diversos, esperamos que este livro tenha sido útil para formar a base de conhecimentos necessários para sua jornada.

Caso tenha alguma dúvida, crítica ou sugestão, escreva para academico@revisaoparaque.com.

AGRADECIMENTOS

Este livro não teria sido feito sem a ajuda e o olhar afiado de amigos e colegas revisores. Agradecemos ao Nathan Matos e à Moinhos pelo zelo e pela flexibilidade de podermos trabalhar o texto e o livro com liberdade. Mesmo distantes fomos uma equipe próxima. Um agradecimento especial ao Davi Miranda, criador do fórum Revisão & Copidesque. Espiadas e dúvidas que lancei por lá retornaram debates, trocas e ideias essenciais para este livro com colaborações atenciosas do próprio Davi e de outros colegas revisores. Agradeço à Carol. Mais que coautora, ela foi praticamente minha orientadora neste projeto. Qualquer falha aqui se deve à minha ansiedade. Tudo que este livro tem de positivo se deve à paciência, ao cuidado e à dedicação dela. Agradeço à Amanda, a copidesque das primeiras versões deste livro. Além de coautorar e acreditar em muitas das minhas ideias e maluquices, sem ela eu também não teria forças pra rotina louca dos dias de hoje. Coeditar o Acácio contigo é um aprendizado diário e bom.

Allan Moraes

Para além dos agradecimentos expressos pelo Allan, que também entendo como meus, gostaria de agradecer a todas as pessoas que acompanham o *Revisão para quê?* – algumas desde o início, em 2011. São vocês que nos encorajam a continuar sempre procurando assuntos, pontos de vista e atitudes que ainda não se veem no nosso mercado. Também agradeço ao Allan por ter tomado as rédeas desse projeto para que finalmente saísse do papel. E agradeço ao maior apoiador de todos, por todos os conselhos, as horas de conversa sobre trabalho, os fins de semana dividindo o home office, sem o qual nem a primeira versão do blog teria acontecido, o Fernando. É muito bom poder contar com todos vocês! Obrigada e obrigada. :)

Carol Machado

REFERÊNCIAS UTILIZADAS NESTE LIVRO

ALMEIDA, Aline Novais de. *Edição genética* d'A gramatiquinha da fala brasileira *de Mário de Andrade*. Orientadora: Therezinha Ancona Lopez. 2013. 1211 f. Dissertação (Mestrado em Letras) – Faculdade de Filosofia, Letras e Ciências Humanas da Universidade de São Paulo, Universidade de São Paulo, São Paulo, 2013. 2 v. DOI 10.11606/D.8.2013.tde-24102013-102309. Disponível em: http://www.teses.usp.br/teses/disponiveis/8/8149/tde-24102013-102309/pt-br.php. Acesso em: 15 jul. 2019.

ARAÚJO, Emanuel. *A construção do livro*. 2. ed. rev. e atual. conforme o Novo Acordo Ortográfico. Revisão e atualização: Briquet de Lemos. Rio de Janeiro: Lexikon, 2011. 637 p.

ASSOCIAÇÃO BRASILEIRA DE NORMAS TÉCNICAS. *ABNT NBR 6022*: informação e documentação: artigos em publicação periódica técnica e/ou científica: apresentação. Rio de Janeiro: ABNT, 2018a.

ASSOCIAÇÃO BRASILEIRA DE NORMAS TÉCNICAS. *ABNT NBR 6023*: informação e documentação: referências: elaboração. Rio de Janeiro: ABNT, 2018b.

ASSOCIAÇÃO BRASILEIRA DE NORMAS TÉCNICAS. *ABNT NBR 6024*: informação e documentação: numeração progressiva das seções de um documento escrito: apresentação. Rio de Janeiro: ABNT, 2003a.

ASSOCIAÇÃO BRASILEIRA DE NORMAS TÉCNICAS. *ABNT NBR 6027*: informação e documentação: sumário: apresentação. Rio de Janeiro: ABNT, 2003b.

ASSOCIAÇÃO BRASILEIRA DE NORMAS TÉCNICAS. *ABNT NBR 6028*: informação e documentação: informação e documentação: resumo: apresentação. Rio de Janeiro: ABNT, 2003c.

ASSOCIAÇÃO BRASILEIRA DE NORMAS TÉCNICAS. *ABNT NBR 6032*: abreviação de títulos de periódicos e publicações seriadas. Rio de Janeiro: ABNT, 1989a.

ASSOCIAÇÃO BRASILEIRA DE NORMAS TÉCNICAS. *ABNT NBR 6033*: ordem alfabética. Rio de Janeiro: ABNT, 1989b.

ASSOCIAÇÃO BRASILEIRA DE NORMAS TÉCNICAS. *ABNT NBR 6034*: informação e documentação: índice: apresentação. Rio de Janeiro: ABNT, 2004.

ASSOCIAÇÃO BRASILEIRA DE NORMAS TÉCNICAS. *ABNT NBR 10520*: informação e documentação: citações em documentos: apresentação. Rio de Janeiro: ABNT, 2002.

ASSOCIAÇÃO BRASILEIRA DE NORMAS TÉCNICAS. *ABNT NBR 12225*: informação e documentação: lombada: apresentação. Rio de Janeiro: ABNT, 2004.

ASSOCIAÇÃO BRASILEIRA DE NORMAS TÉCNICAS. *ABNT NBR 14724*: informação e documentação: trabalhos acadêmicos: apresentação. Rio de Janeiro: ABNT, 2011.

ASSOCIAÇÃO BRASILEIRA DE NORMAS TÉCNICAS. *ABNT NBR 15287*: informação e documentação: projeto de pesquisa: apresentação. Rio de Janeiro: ABNT, 2005.

BRASIL. Lei nº 9.610, de 19 de fevereiro de 1998. Altera, atualiza e consolida a legislação sobre direitos autorais e dá outras providências. *Diário Oficial da União*, Brasília: DF, Poder Legislativo, p. 3, 20 fev. 1998. Disponível em: http://www.planalto.gov.br/ccivil_03/leis/l9610.htm. Acesso em: 10 ago. 2019.

DEXTER, Liz. Student at risk of plagiarism 1: What to do when the student hasn't referenced their text correctly. *LibroEditing Blog*, [s.l.], June 26, 2019a. Disponível em: https://libroediting.com/2019/06/26/student-at-risk-of-plagiarism-what-to-do-when-

-the-student-has-not-referenced-the-text-correctly/. Acesso em: 15 set. 2019.

DEXTER, Liz. Student at risk of plagiarism 2: What do you do when the editor risks changing too much of the text? *LibroEditing Blog*, [s.l.], July 10, 2019b. Disponível em: https://libroediting. com/2019/07/10/student-at-risk-of-plagiarism-2-what-do-you-do-when-the-editor-risks-changing-too-much-of-the-text/. Acesso em: 15 set. 2019.

DEXTER, Liz. Student at risk of plagiarism 3: Giving feedback to your student client and their supervisor. *LibroEditing Blog*, [s.l.], June 13, 2019c. Disponível em: https://libroediting. com/2019/06/13/student-at-risk-of-plagiarism-3-giving-feedback-to-your-student-client-and-their-supervisor/. Acesso em: 15 set. 2019.

DEXTER, Liz. What to do when you encounter plagiarism: student work. *LibroEditing Blog*, [s.l.], March 5, 2014. Disponível em: https://libroediting.com/2014/03/05/what-to-do-plagiarism-students/. Acesso em: 15 set. 2019.

ECO, Umberto. *Como se faz uma tese*. 21. ed. Tradução: Gilson Cesar Cardoso de Souza. São Paulo: Perspectiva, 2008. ISBN 978-85-273-0079-7. 232 p.

FERREIRA, Jerusa Pires (org.). *Editando o editor 5*: Jorge Zahar. São Paulo: Edusp, 2001. 96 p.

FREITAS, Ernani Cesar de; PRODANOV, Cléber Cristiano. *Metodologia do trabalho científico*: métodos e técnicas da pesquisa e do trabalho acadêmico. 2. ed. Novo Hamburgo: Feevale, 2013. E-book. 277 p. Disponível em: http://www.feevale.br/Comum/ midias/8807f05a-14d0-4d5b-b1ad-1538f3aef538/E-book%20 Metodologia%20do%20Trabalho%20Cientifico.pdf. Acesso em: 20 set. 2019.

HARNBY, Louise. *Business Planning for Editorial Freelancers*: A Guide for New Starters. E-book. [S.l.; s.n.]: 2013. 71 p.

HOUAISS, Antônio. *Dicionário eletrônico Houaiss da língua portuguesa*. Rio de Janeiro: Objetiva, 2009. 1 CD-ROM.

INSTITUTO BRASILEIRO DE GEOGRAFIA E ESTATÍSTICA. *Normas de apresentação tabular*. 3. ed. Rio de Janeiro: Fundação IBGE, 1993. 62 p. ISBN 85-240-0471-1.

KROKOSCZ, Marcelo. Abordagem do plágio nas três melhores universidades de cada um dos cinco continentes e do Brasil. *Revista Brasileira de Educação*, Rio de Janeiro, v. 16, n. 48, set./dez. 2011. Disponível em: http://www.scielo.br/pdf/rbedu/v16n48/v16n48a11. Acesso em: 7 jan. 2020.

MACHADO, Carolina. [*Correspondência*]. Destinatário: inscritos. Lisboa, 4 jul. 2019a. 1 e-mail newsletter 'Perguntas & respostas'. Disponível em: https://mailchi.mp/revisaoparaque/vamos-criar-contedo-exclusivo-3475489. Acesso em: 25 mar. 2019.

MACHADO, Carolina. *Manual de sobrevivência do revisor iniciante*. Belo Horizonte: Moinhos, 2018. 124 p.

MACHADO, Carolina. *Precificação de revisão para freelancers*. [Porto Alegre: s.n.], 2019b. E-book. Disponível em: https://webooks.link/revisaoparaque/precificacao-para-revisores/. Acesso em: 20 set. 2019.

MAGENTA, Matheus. Dissertação de mestrado de Wilson Witzel tem 63 parágrafos copiados de 6 autores. *BBC*, São Paulo, 13 set. 2019. Disponível em: https://www.bbc.com/portuguese/brasil-49683640. Acesso em: 13 set. 2019.

MORAES, Allan. Livros para revisores: *A construção do livro*. *Revisão para quê?*, [s.l.], 8 jul. 2015. Disponível em: https://revisaoparaque.com/blog/livros-para-revisores-a-construcao-do-livro/. Acesso em: 20 nov. 2019.

NERY, Guilherme et al. *Nem tudo que parece é*: entenda o que é plágio. Rio de Janeiro: Instituto de Arte e Comunicação Social da Universidade Federal Fluminense, [2010]. E-book. Disponível em: http://cev.org.br/arquivo/biblioteca/4024337.pdf. Acesso em: 12 ago. 2020.

PASOLD, Cesar Luiz. *Função social do estado contemporâneo*. 4. ed. rev. e ampl. Itajaí: Univali, 2013. E-book. 103 p.

Disponível em: https://www.univali.br/vida-no-campus/editora-univali/e-books/Documents/ecjs/E-book%202013%20FUN%C3%87%C3%83O%20SOCIAL%20%20DO%20ESTADO%20CONTEMPOR%C3%82NEO.pdf. Acesso em: 10 out. 2019.

POZZEBON, Paulo (org.). *Mínima metodológica*. Campinas: Alínea, 2004. 150 p.

SALLER, Carol Fisher. *The subversive copy editor*: advice from Chicago (or, how to negotiate good relationships with your writers, your colleagues, and yourself). Chicago: University of Chicago Press, 2009. 134 p.

SETTE, Nilda Maria da Cunha (coord.). *Manual de referenciação para recursos da informação da Embrapa*. 4. ed. Brasília: Embrapa, 2018. Disponível em: https://www.embrapa.br/manual-de-referenciacao. Acesso em: 10 nov. 2019.

STANLICK, Nancy. An Open Letter to Faculty: Some Thoughts on Plagiarism from "Colonel Cheatbuster". *Faculty Focus*, Orlando. v. 7, n. 4, Oct. 2008. Disponível em: https://fctl.ucf.edu/wp-content/uploads/ sites/5/2018/10/FF_2008_October.pdf. Acesso em: 7 jan. 2020.

UNIVERSITY OF LEICESTER. *Student and Academic Services*: Proof-Reading Rules. Leicester: University of Leicester Academic Policy Committee, 2011. Disponível em: https://www2.le.ac.uk/offices/sas2/assessments/proof-reading. Acesso em: 15 jun. 2018.

WITZEL, Wilson José. *Medida cautelar fiscal*. Orientador: Jader Ferreira Guimarães. 2010. 125 f. Dissertação (Mestrado em Direito Processual) – Centro de Ciências Jurídicas e Econômicas, Universidade Federal do Espírito Santo, Vitória, 2010. Disponível em: http://repositorio.ufes.br/bitstream/10/2703/1/tese_3920_Disserta%C3%A7%C3%A3o%20Wilson%20-%20 2009.pdf. Acesso em: 13 set. 2019.

APÊNDICES

EXEMPLOS DE FORMATAÇÃO

APÊNDICE A – CAPA (OBRIGATÓRIA)

Elemento obrigatório
Elemento não obrigatório

APÊNDICE B – LOMBADA (OPCIONAL)

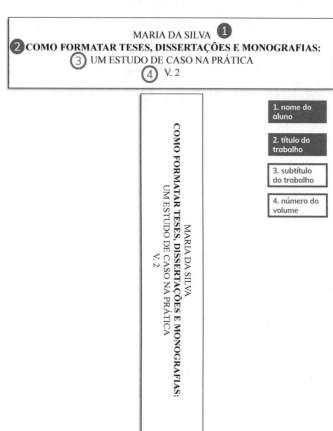

APÊNDICE C – FOLHA DE ROSTO (OBRIGATÓRIA)

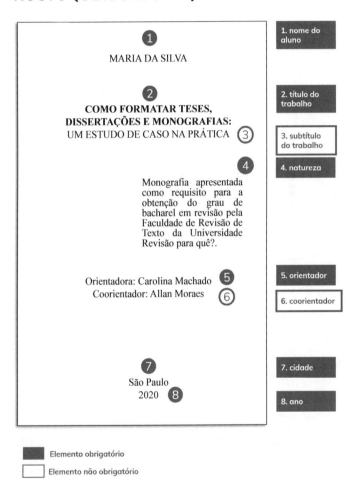

APÊNDICE D - ERRATA (OPCIONAL)

ERRATA

SILVA, Maria. **Como formatar teses, dissertações e monografias:** um estudo de caso na prática. Monografia (Graduação em Revisão de Textos) – Faculdade de Revisão de textos, Universidade Revisão para quê?, São Paulo, 2016.

Folha	Linha	Onde se lê	Leia-se
10	5	Comunicacao	Comunicação

1. título da seção
2. referência do trabalho
3. quadro de alterações

Elemento obrigatório
Elemento não obrigatório

APÊNDICE E - FOLHA DE APROVAÇÃO (OBRIGATÓRIA)

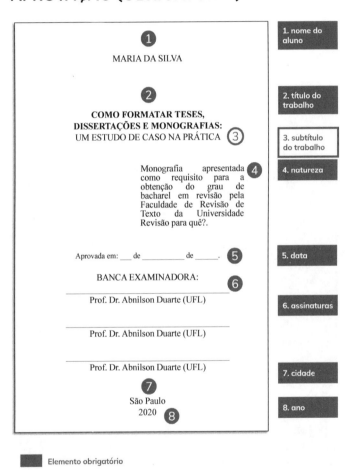

APÊNDICE F - DEDICATÓRIA (OPCIONAL)

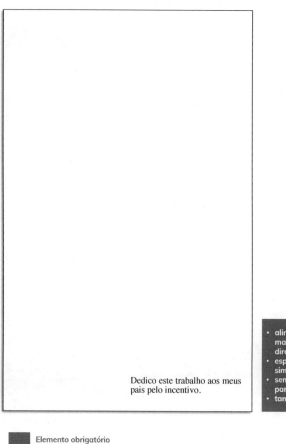

APÊNDICE G – AGRADECIMENTOS (OPCIONAIS)

AGRADECIMENTOS

À professora Curabitur leo orci, rutrum sit amet maximus vel, aliquam vitae ante. Vivamus id iaculis nisi, in consectetur neque. Curabitur condimentum enim vitae eros porta, nec sollicitudin mauris vestibulum.

Ao professor Curabitur leo orci, rutrum sit amet maximus vel, aliquam vitae ante. Vivamus id iaculis nisi, in consectetur neque. Curabitur condimentum enim vitae eros porta, nec sollicitudin mauris vestibulum.

Aos colegas leo orci, rutrum sit amet maximus vel, aliquam vitae ante. Vivamus id iaculis nisi, in consectetur neque. Curabitur condimentum enim vitae eros porta, nec sollicitudin mauris vestibulum.

- espaço 1,5
- com recuo de parágrafo
- tamanho 12

Elemento não obrigatório

APÊNDICE H – EPÍGRAFE (OPCIONAL)

> Curabitur leo orci, rutrum sit amet maximus vel, aliquam vitae ante. Vivamus id iaculis nisi, in consectetur neque. Curabitur condimentum enim vitae eros porta, nec sollicitudin mauris vestibulum (AUTOR, 1991, p. 29).

- justificado
- espaço simples
- sem recuo de parágrafo
- tamanho 10

☐ Elemento não obrigatório

APÊNDICE I - RESUMO (OBRIGATÓRIO)

RESUMO

Curabitur leo orci, rutrum sit amet maximus vel, aliquam vitae ante. Vivamus id iaculis nisi, in consectetur neque. Curabitur condimentum enim vitae eros porta, nec sollicitudin mauris vestibulum. Curabitur leo orci, rutrum sit amet maximus vel, aliquam vitae ante. Vivamus id iaculis nisi, in consectetur neque. Curabitur condimentum enim vitae eros porta, nec sollicitudin mauris vestibulum. Curabitur leo orci, rutrum sit amet maximus vel, aliquam vitae ante. Vivamus id iaculis nisi, in consectetur neque. Curabitur condimentum enim vitae eros porta, nec sollicitudin mauris vestibulum. Curabitur leo orci, rutrum sit amet maximus vel, aliquam vitae ante. Vivamus id iaculis nisi, in consectetur neque. Curabitur condimentum enim vitae eros porta, nec sollicitudin mauris vestibulum. Vivamus id iaculis nisi, in consectetur neque. Curabitur condimentum enim vitae eros porta, nec sollicitudin mauris vestibulum.

Palavras-chave: Sollicitudin. Consectetur. Iaculis.

- parágrafo único com recuo
- espaço 1,5
- tamanho 12

Elemento obrigatório

APÊNDICE J - LISTA DE ILUSTRAÇÕES (OPCIONAL)

LISTA DE ILUSTRAÇÕES

Figura 1 – Curabitur leo orci 9
Quadro 1 – Vivamus id iaculis nisi 13
Gráfico 1 – Curabitur leo orci, rutrum 14
Quadro 2 – Vivamus id iaculis nisi, in consectetur 18
Gráfico 2 – Enim vitae eros porta, nec 22

- entradas ordenadas conforme aparecem no texto
- inclui gráficos, quadros, figuras, esquemas, mapas etc.
- se houver muitas ilustrações de um tipo no documento, podem ser apresentadas em lista separada
- tamanho 12

Elemento não obrigatório

APÊNDICE K - SUMÁRIO (OBRIGATÓRIO)

SUMÁRIO

1 CURABITUR LEO ORCI 9
1.1 VIVAMUS ID IACULIS NISI 13
2 CURABITUR LEO ORCI, RUTRUM 14
2.1 VIVAMUS IACULIS, IN CONSECTETUR 18
2.1.1 Enim vitae eros porta, nec 22
REFERÊNCIAS.. 48
ANEXO A – RESPOSTAS À PESQUISA....... 52
APÊNDICE A – FORMULÁRIO.................... 54

- entradas ordenadas conforme aparecem no texto
- formatação dos títulos deve seguir o mesmo padrão (bold, itálico, caixa-alta/baixa etc.) usado na parte textual
- anexo: material extra não criado pelo autor
- apêndice: material extra criado pelo autor

Elemento obrigatório

Este livro foi composto em Garamond para a Editora
Moinhos, no papel Pólen Soft para a Editora Moinhos.

*

Era outubro de 2020.
Es brasileires sentiam no ar o calor das queimadas.